Paulo Coelho est l'un des auteurs vivants les plus lus au monde. Son œuvre, traduite dans plus de 66 langues et récompensée par de nombreux prix internationaux, a déjà dépassé les 100 millions d'exemplaires vendus dans 160 pays. Natif de Rio de Janeiro, Paulo Coelho siège à l'Académie brésilienne de littérature depuis 2002. Il est également chevalier de l'ordre national de la Légion d'honneur en France.

L'écrivain s'est mis au service des plus pauvres dans la société brésilienne à travers l'Institut Paulo Coelho qu'il a fondé avec son épouse Christina Oiticica. Conseiller spécial pour le dialogue interculturel et les convergences spirituelles auprès de l'Unesco, il défend les valeurs attachées au multiculturalisme. Il a été nommé Messager de la Paix pour les Nations Unies en septembre 2007.

Maktub

PAULO
COELHO

Maktub

Traduit du portugais (Brésil)
par Françoise Marchand-Sauvagnargues

Titre original :
MAKTUB

www.paulocoelho.com

« Cette édition est publiée avec l'accord
de Sant Jordi Asociados, Barcelone, Espagne. »

Pour la traduction française :
© Éditions Anne Carrière, 2004

« Je te loue, Père, Seigneur du ciel et de la terre, d'avoir caché cela aux sages et aux intelligents, et de l'avoir révélé aux tout-petits. »

Luc, 10, 21

Note de l'auteur

Maktub n'est pas un recueil de conseils, mais un échange d'expériences.

Ce livre est en grande partie composé des enseignements que m'a prodigués mon maître au cours des onze longues années où nous nous sommes fréquentés. D'autres textes sont des récits qui m'ont été rapportés par des amis, ou des gens qui, bien que je ne les aie croisés qu'une fois, m'ont laissé un message inoubliable. Enfin, on peut y retrouver la trace des livres que j'ai lus, ainsi que les histoires qui, selon les termes du jésuite Anthony Mello, appartiennent à l'héritage spirituel de l'humanité.

Maktub est né d'une proposition que m'a faite au téléphone Alcino Leite Neto, directeur du cahier *Illustrada* de la *Folha de São Paulo*. Je me trouvais alors aux États-Unis et je l'ai acceptée sans savoir au préalable ce que j'allais écrire, mais le défi était stimulant et j'ai décidé de le relever. Vivre, c'est courir des risques.

Voyant le travail que me donnait cette rubrique, je faillis renoncer. En outre, comme je devais me rendre à l'étranger pour la promotion de mes livres, cet effort quotidien devint une torture. Pourtant, les signes me pressaient de continuer : une lettre de lecteur me parvenait, un ami faisait un commentaire, un autre me montrait les pages découpées et rangées dans son portefeuille.

Lentement, j'appris à écrire de façon objective et directe. Je fus obligé de relire des textes dont j'avais toujours reporté une nouvelle lecture, et le plaisir de ces retrouvailles fut immense. Je me mis à noter plus soigneusement les propos de mon maître. Enfin, je trouvai peu à peu dans tout ce qui se passait autour de moi une raison d'écrire *Maktub*, et cela m'enrichit à tel point qu'aujourd'hui je ne regrette pas cette tâche quotidienne.

J'ai sélectionné, dans ce volume, des textes publiés dans la *Folha de São Paulo* entre le 10 juin 1993 et le 11 juin 1994. Les pages relatives au guerrier de la lumière n'en font pas partie, elles ont été publiées dans le *Manuel du guerrier de la lumière*.

Dans la préface de l'un de ses livres, Anthony Mello écrit : « Ma tâche a été simplement celle du tisserand ; je ne peux m'attribuer les qualités du coton et du lin. »

Moi non plus.

Paulo COELHO

LE VOYAGEUR est assis dans la forêt, un tas de notes sur les genoux, et il regarde l'humble demeure qui se dresse devant lui. Il se souvient d'y être déjà venu avec des amis. À l'époque, il avait simplement remarqué que le style de cette maison s'apparentait à celui d'un architecte catalan ayant vécu très longtemps auparavant, et qui n'avait probablement jamais mis les pieds dans cet endroit. La maison se trouve près de Cabo Frio, dans l'État de Rio de Janeiro, et elle est entièrement faite de débris de verre.

En 1899, son premier propriétaire, Gabriel, vit en rêve un ange qui lui suggéra : « Construis une maison au moyen de tessons. » Gabriel se mit à collectionner les carreaux brisés, les assiettes, les bibelots et les bouteilles cassés. « Chaque morceau devient beauté », disait-il de son ouvrage. Pendant quarante ans, les habitants du voisinage affirmèrent que cet homme était fou, mais plus tard des touristes découvrirent sa maison et en parlèrent autour d'eux. Gabriel devint un génie. Puis la nouveauté passa, et il retourna à l'anonymat. Cependant, il continua de construire. À l'âge de quatre-vingt-treize ans, il posa son dernier débris de verre… et mourut.

Le voyageur allume une cigarette qu'il fume en silence. Il ne pense plus aujourd'hui à la ressemblance qu'il avait décelée entre la maison de Gabriel et l'architecture d'Antonio Gaudí. Il regarde les morceaux de verre et songe à sa propre vie. Comme toute existence, elle est faite des fragments de tout ce qui lui est arrivé. Cependant, à un certain moment, ces éléments ont commencé à prendre forme.

Et le voyageur, voyant les papiers sur ses genoux, se rappelle son passé. Il y a là des morceaux de sa vie : les situations qu'il a vécues, des extraits de livres qu'il n'a pas oubliés, les enseignements de son maître, des histoires que lui ont contées un jour ses amis. Il y a aussi des réflexions sur son époque et sur les rêves de sa génération.

De même que Gabriel a vu en rêve un ange et a bâti la maison qui se dresse maintenant devant ses yeux, le voyageur s'efforce de mettre en ordre ses papiers pour comprendre sa propre construction spirituelle. Il se souvient que, lorsqu'il était enfant, il a lu un livre de Malba Tahan intitulé *Maktub*, et il pense : « Peut-être devrais-je faire la même chose. »

LE MAÎTRE DIT :

« Lorsque nous sentons qu'est venue l'heure du changement, nous nous repassons inconsciemment le film de tous les échecs que nous avons connus jusque-là.

« Et, bien sûr, à mesure que nous vieillissons, la part des moments difficiles l'emporte. Mais, en même temps, l'expérience nous a donné les moyens de surmonter ces échecs et de trouver le chemin qui nous permet d'aller plus loin. Il nous faut aussi insérer cette cassette-ci dans notre magnétoscope mental.

« Si nous ne regardons que le film de nos échecs, nous resterons paralysés. Si nous ne regardons que le film de notre expérience, nous finirons par nous croire plus sages que nous ne le sommes en réalité.

« Nous avons besoin des deux cassettes. »

IMAGINEZ une chenille. Elle passe la plus grande partie de son existence à regarder d'en bas les oiseaux voler, et s'indigne de son propre destin et de sa forme. « Je suis la plus méprisable des créatures, pense-t-elle, laide, répugnante, condamnée à ramper sur la terre. »

Un jour, cependant, la Nature lui demande de tisser un cocon. La voilà effrayée : jamais elle n'a tissé de cocon. Croyant être en train de bâtir sa tombe, elle se prépare à mourir. Bien que malheureuse du sort qui était le sien jusque-là, elle se plaint encore à Dieu : « Au moment où je m'étais enfin habituée, Seigneur, vous me retirez le peu que je possède ! » Désespérée, elle s'enferme dans son cocon et attend la fin.

Quelques jours plus tard, elle constate qu'elle s'est transformée en un superbe papillon. Elle peut voler dans le ciel et les hommes l'admirent. Elle s'étonne du sens de la vie et des desseins de Dieu.

Un étranger se rendit au monastère de Sceta et demanda à rencontrer le père supérieur.

« Je veux rendre ma vie meilleure, déclara-t-il, mais je ne peux m'empêcher d'avoir des pensées coupables. »

Le père supérieur remarqua que dehors le vent soufflait très fort, et il dit au visiteur :

« Il fait très chaud ici. Pourriez-vous attraper un peu de vent dehors et le faire entrer dans la pièce pour la rafraîchir ?

— C'est impossible.

— De la même manière, il est impossible de ne pas avoir de pensées qui offensent Dieu, répondit l'abbé. Mais si vous savez dire non à la tentation, elles ne vous feront aucun mal. »

L<small>E MAÎTRE DIT</small> :

« Si vous avez une décision à prendre, il vaut mieux aller de l'avant et supporter les conséquences de vos actes. On ne peut pas savoir à l'avance quelles seront ces conséquences. Les arts divinatoires ont été inventés pour aider les hommes, en aucun cas pour prévoir l'avenir. Ils sont d'excellents conseillers mais de très mauvais prophètes. Dans la prière que Jésus nous a enseignée, il est dit : "Que Ta Volonté soit faite." Lorsque cette volonté nous laisse entrevoir un problème, elle propose aussi la solution.

« Si les arts divinatoires permettaient de prédire l'avenir, tous les devins seraient riches, mariés et heureux. »

LE DISCIPLE s'approcha de son maître :

« Pendant des années, j'ai cherché l'illumination et je sens que je suis sur le point de la rencontrer. Je veux savoir quelle est la prochaine étape.

— Comment subvenez-vous à vos besoins ? demanda le maître.

— Je n'ai pas encore appris à subvenir à mes besoins, mon père et ma mère m'entretiennent. Mais ce n'est là qu'un détail.

— La prochaine étape consiste à regarder le soleil pendant une demi-minute », répondit le maître.

Le disciple obéit.

Le maître lui demanda alors de décrire le champ qui les entourait.

« Je ne le vois pas, l'éclat du soleil a troublé ma vision.

— Un homme qui ne cherche que la lumière et se dérobe à ses responsabilités ne rencontrera jamais l'illumination. Un homme qui garde les yeux fixés sur le soleil finit par devenir aveugle », expliqua le maître.

UN HOMME se promenait dans une vallée des Pyrénées lorsqu'il rencontra un vieux berger. Il lui proposa de partager son repas, puis il resta un long moment en sa compagnie, et ils parlèrent de la vie.

L'homme affirmait que celui qui croyait en Dieu devait reconnaître qu'il n'était pas libre, puisque Dieu gouvernait chacun de ses pas.

Alors, le berger l'entraîna jusqu'à un défilé où l'on entendait très nettement les sons que renvoyait l'écho.

« La vie, ce sont ces parois, et le destin est le cri que pousse chacun de nous, expliqua le berger. Tout ce que nous faisons est porté jusqu'à Son cœur, et nous sera rendu de la même manière. »

« Dieu agit comme l'écho de nos actes. »

MAKTUB signifie « c'est écrit ». Pour les Arabes, « c'est écrit » n'est pas une bonne traduction, car, bien que tout soit déjà écrit, Dieu est miséricordieux et Il n'use Son stylo et Son encre que pour nous venir en aide.

Le voyageur se trouve à New York. Il s'est réveillé tardivement et, lorsqu'il sort de l'hôtel, il découvre que la police a embarqué sa voiture. Il arrive en retard à son rendez-vous, le déjeuner se prolonge plus que nécessaire, et il pense à l'amende qu'il va devoir payer, qui va lui coûter une fortune.

Soudain, il songe au dollar qu'il a trouvé la veille. Il imagine une relation surnaturelle entre ce billet et les événements de la matinée. « Qui sait si je n'ai pas ramassé ce billet avant que celui à qui il était destiné ne le trouve ? Peut-être ai-je enlevé ce dollar du chemin d'une personne qui en avait besoin. Peut-être ai-je interféré dans ce qui était écrit. »

Il éprouve le besoin de se débarrasser du billet. À cet instant, il aperçoit un mendiant assis par terre et le lui tend.

« Un moment, s'exclama ce dernier. Je suis poète. Pour vous remercier, je vais vous lire un poème.

— Alors, qu'il soit court, car je suis pressé », répond le voyageur.

Le mendiant rétorque :

« Si vous êtes toujours en vie, c'est que vous n'êtes pas encore arrivé là où vous deviez arriver. »

L<small>E DISCIPLE</small> dit à son maître :

« J'ai passé une grande partie de la journée à penser à des choses auxquelles je ne devrais pas penser, à désirer des choses que je ne devrais pas désirer, à caresser des projets que je ne devrais pas caresser. »

Le maître proposa à son disciple une promenade dans la forêt derrière chez lui. En chemin, il lui désigna du doigt une plante et lui demanda s'il en connaissait le nom.

« La belladone, répondit le disciple. Elle peut tuer celui qui en mange les feuilles.

— Mais elle ne peut pas tuer celui qui se contente de l'observer, répliqua le maître. De même, les désirs négatifs ne peuvent vous causer aucun mal si vous ne vous laissez pas séduire par eux. »

ENTRE LA FRANCE et l'Espagne se dresse une chaîne de montagnes. Là-haut se trouve un village nommé Argelès. Dans ce village passe un sentier qui mène à la vallée.

Tous les après-midi, un vieillard gravit et descend cette pente. Lorsque le voyageur s'est rendu à Argelès pour la première fois, il ne l'a pas remarqué. À sa seconde visite, il s'est aperçu qu'un homme croisait sans cesse son chemin. Et, chaque fois qu'il se rendait dans ce village, il notait de nouveaux détails – ses vêtements, son béret, sa canne, ses lunettes. Aujourd'hui, lorsqu'il pense à ce village, il pense aussi au vieil homme, bien que celui-ci ne le sache pas.

Le voyageur ne lui a parlé qu'en une occasion. Voulant plaisanter, il lui a demandé : « Est-ce que Dieu vit dans ces belles montagnes qui nous entourent ?

— Dieu vit, a répondu le vieux, là où on Le laisse entrer. »

LE MAÎTRE réunit un soir ses disciples et leur demanda d'allumer un grand feu autour duquel ils pourraient s'asseoir et bavarder.

« Le chemin spirituel est à l'image du feu qui brûle devant nous, dit-il. L'homme désireux de l'allumer doit s'accommoder des désagréments de la fumée qui nous fait suffoquer et monter les larmes aux yeux. La reconquête de la foi passe par là.

« Mais, une fois que le feu crépite, la fumée disparaît et les flammes illuminent tout autour de nous, apportant la chaleur et la paix.

— Et si quelqu'un allumait le feu pour nous ? demanda l'un des disciples. Et s'il nous permettait d'éviter la fumée ?

— Celui-là serait un faux maître. Il pourrait emporter le feu là où il en aurait envie, ou l'éteindre à sa guise ; mais, puisqu'il n'aurait appris à personne à l'allumer, il serait capable de laisser tout le monde dans l'obscurité. »

UNE FEMME prit ses trois enfants et décida d'aller vivre dans une petite ferme au fin fond du Canada. Elle voulait se consacrer exclusivement à la contemplation spirituelle.

En moins d'un an, elle tomba amoureuse, se remaria, acquit les techniques de méditation des saints, se battit afin de trouver une école pour ses enfants, se fit des amis, se fit des ennemis, négligea de se soigner les dents, eut un abcès, fit de l'auto-stop en pleine tempête de neige, apprit à réparer sa voiture, à remettre en état les canalisations gelées, connut des fins de mois difficiles, vécut des allocations de chômage, dormit sans chauffage, rit sans raison, pleura de désespoir, construisit une chapelle, fit des réparations dans sa maison, dont elle peignit les murs, donna des cours de contemplation spirituelle.

« J'ai fini par comprendre qu'une vie de prière n'implique pas l'isolement, dit-elle. L'amour de Dieu est si vaste qu'il a besoin d'être partagé. »

« Au commencement de votre chemin, vous trouverez une porte avec une inscription, dit le maître. Revenez me dire quelle est cette phrase. »

Le disciple se livre corps et âme à sa quête. Et puis, un jour, il voit la porte, et il retourne consulter son maître.

« Au commencement du chemin, il était écrit : "Ce n'est pas possible", lui annonce-t-il.

— Où était-ce écrit, sur un mur ou sur une porte ? demande le maître.

— Sur une porte.

— Eh bien, posez la main sur la poignée et ouvrez-la. »

Le disciple obéit. Comme l'inscription est peinte sur la porte, elle pivote en même temps qu'elle. Lorsque la porte est entièrement ouverte, le disciple ne parvient plus à distinguer la phrase – et il avance.

LE MAÎTRE DIT :

« Fermez les yeux. Il n'est même pas nécessaire de fermer les yeux, il vous suffit d'imaginer
la scène suivante : une bande d'oiseaux en vol.
Bon, maintenant dites-moi, combien d'oiseaux
voyez-vous : cinq ? onze ? dix-sept ?

« Quelle que soit la réponse – et il est toujours
difficile de donner le nombre exact –, une chose
est évidente dans cette petite expérience. Vous
pouvez imaginer une bande d'oiseaux, mais leur
nombre échappe à votre contrôle. Pourtant, la
scène était claire, définie, précise. Quelque part
se trouve la réponse à cette question.

« Qui a déterminé le nombre d'oiseaux devant
apparaître dans la scène imaginée ? Ce n'est pas
vous. »

Un homme décida de rendre visite à un ermite qui vivait non loin du monastère de Sceta. Après avoir marché interminablement dans le désert, il le trouva enfin.

« J'ai besoin de savoir quel est le premier pas que l'on doit faire sur la voie de la spiritualité », lui dit-il.

L'ermite l'entraîna vers un puits et le pria d'y contempler son reflet. L'homme obéit, mais l'ermite se mit à jeter des cailloux dans l'eau, dont la surface trembla.

« Je ne pourrai pas voir mon visage tant que vous jetterez des cailloux, remarqua l'homme.

— De même qu'il est impossible à un homme de voir son visage dans des eaux troubles, il lui est impossible de chercher Dieu si sa quête rend son esprit anxieux, dit le moine. Voilà le premier pas. »

Il y eut une époque où le voyageur pratiquait la méditation bouddhiste zen. À un certain moment de la séance, le maître allait chercher dans un coin du *dojo* (l'endroit où les disciples se réunissaient) une baguette de bambou. Ceux des élèves qui n'avaient pas réussi à se concentrer levaient la main. Le maître s'approchait d'eux et leur donnait à chacun trois coups sur l'épaule.

La première fois qu'il assista à cette scène, le voyageur la trouva absurde et digne du Moyen Âge. Plus tard, il comprit que, très souvent, il est nécessaire de déplacer sur le plan physique la douleur spirituelle afin de percevoir le mal qu'elle cause. Sur le chemin de Saint-Jacques, il avait appris un exercice qui consistait à enfoncer l'ongle de son index dans son pouce chaque fois qu'une pensée lui faisait du mal.

On perçoit toujours trop tard les terribles conséquences des pensées négatives. Cependant, si nous faisons en sorte que ces pensées se manifestent sous la forme d'une douleur physique, nous comprenons mieux le mal qu'elles nous causent. Alors nous parvenons à les éviter.

Un patient âgé de trente-deux ans alla consulter le thérapeute Richard Crowley :

« Je ne peux pas arrêter de sucer mon pouce, se plaignit-il.

— Ne vous inquiétez pas, lui répondit Crowley. Simplement, sucez un doigt différent chaque jour de la semaine. »

Le patient s'efforça de suivre ce conseil. Chaque fois qu'il portait la main à sa bouche, il devait choisir consciemment le doigt qui, ce jour-là, ferait l'objet de son attention. Avant que la semaine ne fût terminée, il était guéri.

« Lorsqu'un vice devient une habitude, il est difficile de le combattre, dit Richard Crowley. Mais quand il commence à exiger de nous des attitudes nouvelles, des décisions, des choix, alors nous prenons conscience du fait qu'il ne mérite pas autant d'efforts. »

Dans la Rome antique, un groupe de magiciennes connues sous le nom de sibylles rédigea neuf livres qui racontaient l'avenir de Rome. Puis elles les apportèrent à Tibère.

« Combien coûtent-ils ? demanda l'empereur.

— Cent pièces d'or », répondirent-elles.

Indigné, Tibère les chassa.

Les sibylles brûlèrent trois livres et revinrent trouver l'empereur.

« Ils coûtent toujours cent pièces d'or », lui dirent-elles.

Tibère refusa leur offre en riant : pourquoi payerait-il le prix de neuf livres pour six ?

Les sibylles brûlèrent trois autres livres et revinrent voir Tibère avec les trois derniers. « Le prix est toujours de cent pièces d'or. »

Piqué par la curiosité, Tibère se résigna à payer, mais il ne pouvait plus lire qu'une petite partie de l'avenir de son empire.

Le maître dit :

« Ne pas marchander lorsque l'occasion se présente, cela fait partie de l'art de vivre. »

Ces mots sont de Rufus Jones :

« Construire de nouvelles tours de Babel sous prétexte que je dois arriver jusqu'à Dieu ne m'intéresse pas. Ces tours sont abominables. Certaines sont faites de ciment et de briques, d'autres de piles de textes sacrés. Certaines ont été bâties sur de vieux rituels, et beaucoup sont érigées sur les nouvelles preuves scientifiques de l'existence de Dieu.

« Toutes ces tours, qu'il nous faut escalader depuis leur base sombre et solitaire, peuvent nous donner une vision de la terre, mais elles ne nous conduisent pas au ciel.

« Tout cela pour parvenir encore et toujours à cette vieille confusion des langues et des émotions !

« Les ponts qui mènent à Dieu sont la foi, l'amour, la joie et la prière. »

Deux rabbins, dans l'Allemagne nazie, font tout leur possible pour apporter aux juifs un peu de réconfort spirituel. Pendant deux ans, bien que mourant de peur, ils parviennent à tromper leurs persécuteurs et célèbrent des offices religieux dans plusieurs communautés.

Finalement, les rabbins sont arrêtés. Terrifié à l'idée du danger qui le menace, le premier ne cesse de prier. L'autre, au contraire, passe ses journées à dormir.

« Pourquoi agissez-vous ainsi ? lui demande le rabbin rempli de crainte.

— Pour ménager mes forces. Je sais que dorénavant je vais en avoir besoin.

— Mais n'avez-vous pas peur ? Ne savez-vous pas ce qui nous guette ?

— J'ai eu peur jusqu'au moment de notre arrestation. Maintenant que je suis prisonnier, à quoi bon redouter ce qui est déjà passé ? Le temps de la peur est terminé ; à présent commence le temps de l'espoir. »

LE MAÎTRE DIT :

« Volonté. Voilà un mot dont on devrait se méfier pendant quelque temps. Quelles sont les choses que nous ne faisons pas parce que nous n'en avons pas la volonté, et quelles sont celles que nous ne faisons pas parce qu'elles comportent un risque ?

« Voici un exemple de ce que nous prenons pour un "manque de volonté" : parler avec des inconnus. Qu'il s'agisse d'une conversation, d'un simple contact ou d'une confidence, nous parlons rarement avec des inconnus. Et nous trouvons toujours que c'est mieux ainsi.

« Au bout du compte, nous ne venons en aide à personne et nous ne sommes pas aidés par la vie.

« Notre distance nous fait paraître supérieurs et très sûrs de nous. En réalité, nous ne permettons pas à la voix de notre ange de se manifester par la bouche des autres. »

Un vieil ermite fut un jour invité à se rendre à la cour du plus puissant roi de son temps.

« J'envie un saint homme qui se contente de si peu, lui dit le roi.

— J'envie Votre Majesté qui se contente de moins que moi, rétorqua l'ermite.

— Comment pouvez-vous dire cela, alors que tout ce pays m'appartient ? s'exclama le roi, offensé.

— Précisément, répondit le vieil ermite. Moi, j'ai la musique des sphères, j'ai les rivières et les montagnes du monde entier, j'ai la lune et le soleil, parce que j'ai Dieu dans mon âme. Mais Votre Majesté n'a que ce royaume. »

« Allons jusqu'à la montagne qui est la demeure de Dieu, suggéra un cavalier à son ami. J'ai l'intention de prouver qu'Il ne sait qu'exiger et ne fait rien pour alléger notre fardeau.

— Eh bien, je vous accompagne pour démontrer ma foi », répliqua l'autre.

Ils atteignirent le soir le sommet de la montagne, et ils entendirent une Voix dans l'obscurité : « Chargez vos chevaux des pierres qui jonchent le sol. »

« Vous voyez ? fit le premier cavalier. Après l'ascension que nous venons de faire, Il veut encore alourdir notre charge ! Jamais je n'obéirai. »

Le second cavalier obtempéra. Lorsque enfin ils arrivèrent au pied de la montagne, l'aurore pointait, et les premiers rayons du soleil illuminèrent les pierres du pieux cavalier : c'étaient les plus purs diamants.

Le maître dit :

« Les décisions de Dieu sont mystérieuses, mais elles penchent toujours en notre faveur. »

Le maître dit :

« Mon cher, je dois vous annoncer une nouvelle que vous ignorez peut-être encore. J'ai pensé à l'adoucir pour la rendre moins pénible – la peindre de couleurs éclatantes, l'enjoliver de promesses de Paradis, de visions de l'Absolu, d'explications ésotériques – mais, à supposer que tout cela existe, cela ne résoudrait rien.

« Respirez profondément et préparez-vous. Je suis obligé d'être franc et direct et, je puis vous l'assurer, j'ai l'absolue certitude de ce que je vais dire. C'est une prévision infaillible, qui ne laisse aucune place au doute.

« Voici donc la nouvelle : vous allez mourir.

« Peut-être demain, peut-être dans cinquante ans, mais, tôt ou tard, vous mourrez. Même si vous n'êtes pas d'accord. Même si vous avez d'autres projets.

« Alors réfléchissez bien à ce que vous allez faire aujourd'hui. Et demain. Et le restant de vos jours. »

Un explorateur blanc, pressé d'atteindre sa destination au cœur de l'Afrique, promit une prime à ses porteurs indigènes s'ils acceptaient d'accélérer l'allure. Pendant plusieurs jours, les porteurs pressèrent le pas.

Un après-midi, pourtant, ils refusèrent de continuer, s'assirent tous par terre et posèrent leurs fardeaux. On aurait pu leur offrir encore davantage d'argent, ils n'auraient pas bougé. Lorsque l'explorateur leur demanda la raison de ce comportement, voici la réponse qu'il obtint :

« Nous avons marché si vite que nous ne savons plus ce que nous faisons. Maintenant, nous devons attendre que nos âmes nous rejoignent. »

Notre-Dame, l'Enfant Jésus dans les bras, descendit sur terre pour visiter un monastère. Très fiers, les moines se mirent en rang pour lui rendre hommage ; l'un déclama des poèmes, un autre lui montra une bible enluminée, un autre récita les noms des saints.

Au bout de la rangée se trouvait un humble moine qui n'avait pas eu la chance d'étudier avec les sages de son temps. Ses parents étaient des gens simples qui travaillaient dans un cirque. Lorsque son tour arriva, les autres voulurent mettre fin aux hommages, de peur qu'il ne compromît l'image du monastère. Mais lui aussi voulait montrer son amour pour la Vierge. Embarrassé, et sentant le regard désapprobateur de ses frères, il tira de sa poche quelques oranges et se mit à les lancer en l'air, jonglant comme ses parents le lui avaient appris.

Alors seulement l'Enfant Jésus sourit, et il battit joyeusement des mains. Et c'est vers ce moine que la Vierge tendit les bras, c'est à lui qu'elle confia son fils un moment.

N'ESSAYEZ PAS d'être toujours cohérent. Finalement, saint Paul n'a-t-il pas dit : « La sagesse du monde est folie aux yeux de Dieu » ?

Être cohérent, c'est porter toujours une cravate assortie à ses chaussettes. C'est être obligé d'avoir demain les mêmes opinions qu'aujourd'hui. Et le mouvement du monde ? Où est-il ?

Du moment que vous ne causez de tort à personne, vous pouvez changer d'avis de temps en temps et vous contredire sans en éprouver de honte. Vous en avez le droit. Peu importe ce que pensent les autres – parce qu'ils vont penser, de toute façon.

Par conséquent détendez-vous. Laissez l'univers bouger autour de vous, découvrez la joie de vous surprendre vous-même. « Dieu a choisi les folies du monde pour faire honte aux sages », dit saint Paul.

Le maître dit :

« Aujourd'hui, il serait bon de faire quelque chose qui sorte de l'ordinaire. Nous pourrions, par exemple, danser dans la rue en partant au travail, regarder un inconnu droit dans les yeux et parler d'amour au premier coup d'œil, suggérer à notre patron une idée apparemment ridicule mais à laquelle nous croyons, acheter un instrument dont nous avons toujours voulu jouer sans jamais oser. Les guerriers de la lumière s'autorisent des journées de ce genre.

« Aujourd'hui, nous pouvons verser des larmes pour quelques injustices qui nous sont restées en travers de la gorge. Nous allons téléphoner à quelqu'un à qui nous avons juré de ne plus jamais parler (mais dont nous adorerions trouver un message sur notre répondeur). Cette journée doit se démarquer du scénario que nous écrivons chaque matin.

« Aujourd'hui, toutes les fautes seront permises et pardonnées. Aujourd'hui est un jour à profiter de la vie. »

LE MATHÉMATICIEN Roger Penrose se promenait avec des amis en bavardant allégrement. Ils ne se turent qu'un moment pour traverser la rue.

« Je me souviens que, tandis que je traversais, une idée incroyable m'est venue, dit Penrose. Pourtant, dès que nous eûmes traversé, nous avons repris notre discussion, et je n'ai pas réussi à retrouver l'idée que j'avais eue quelques secondes plus tôt. »

À la fin de l'après-midi, Penrose commença à se sentir euphorique, sans comprendre pourquoi. « J'avais la sensation qu'une chose importante m'avait été révélée », dit-il. Il décida de récapituler chaque minute de la journée et, lorsqu'il se rappela l'instant où il avait traversé la chaussée, l'idée lui revint en mémoire. Cette fois il décida de l'écrire.

Il s'agissait de la théorie des trous noirs, une véritable révolution dans la physique moderne. Et l'idée avait resurgi parce que Penrose avait pu se souvenir que l'on garde toujours le silence lorsqu'on traverse la rue.

Saint Antoine vivait dans le désert quand un jeune homme vint le trouver :

« Mon père, j'ai vendu tout ce que j'avais et je l'ai donné aux pauvres. Je n'ai gardé que quelques objets qui pourraient m'aider à survivre ici. J'aimerais que vous m'indiquiez le chemin du salut. »

Saint Antoine conseilla au garçon d'aller à la ville vendre les rares objets qu'il avait conservés et, avec l'argent, d'acheter de la viande. Sur le chemin du retour, il devait rapporter la viande attachée à son corps.

Le garçon obéit, mais il fut attaqué en route par des chiens et des faucons qui voulaient leur part de viande.

« Me voici de retour », annonça le garçon, montrant sur son corps des traces de coups de griffes et ses vêtements arrachés.

« Ceux qui veulent franchir une étape tout en gardant un peu de leur ancienne vie finissent lacérés par leur propre passé », dit le saint pour tout commentaire.

LE MAÎTRE DIT :

« Profitez aujourd'hui de toutes les grâces que Dieu vous a accordées. On ne peut pas thésauriser une grâce. Il n'existe pas de banque où l'on puisse déposer les grâces reçues pour en faire usage selon son bon vouloir. Si vous ne profitez pas de ces bénédictions, elles seront irrémédiablement perdues.

« Dieu sait que nous sommes des artistes de la vie. Un jour Il nous donne de l'argile pour sculpter, un autre jour des pinceaux et une toile, ou une plume pour écrire. Mais nous ne pourrons jamais utiliser l'argile pour peindre les toiles, ni la plume pour réaliser des sculptures.

« À chaque jour son miracle. Acceptez les bénédictions, travaillez et créez aujourd'hui vos petites œuvres d'art. Demain, vous en recevrez de nouvelles. »

Au bord de la rivière Piedra se trouve un monastère entouré d'une végétation florissante – une véritable oasis au milieu des terres arides de cette région d'Espagne. C'est là que la petite rivière devient un cours d'eau torrentueux et se divise en de multiples cascades.

Le voyageur traverse la contrée, écoutant la musique de l'eau. Soudain, au pied d'une cascade, une grotte attire son attention. Il observe soigneusement la pierre polie par le temps et les belles formes que la nature a patiemment créées. Puis il découvre, inscrits sur une plaque, les vers de Rabindranath Tagore :

Ce n'est pas le marteau qui a rendu ces pierres si parfaites, mais l'eau, avec sa douceur, sa danse et sa chanson.

Là où la dureté ne fait que détruire, la douceur parvient à sculpter.

Le maître dit :

« Beaucoup de gens ont peur du bonheur. Pour eux, ce mot signifie modifier une partie de leurs habitudes, et perdre leur identité.

« Très souvent nous nous croyons indignes des bonnes choses qui nous arrivent. Nous ne les acceptons pas parce que, si nous le faisions, nous aurions le sentiment d'avoir une dette envers Dieu.

« Nous pensons : "Mieux vaut ne pas goûter à la coupe de la joie, sinon, lorsqu'elle sera vide, nous souffrirons terriblement."

« De peur de rapetisser, nous oublions de grandir. De peur de pleurer, nous oublions de rire. »

Le monastère de Sceta fut un après-midi le théâtre d'une altercation entre deux moines. L'abbé Sisois, supérieur du monastère, demanda au moine offensé de pardonner à son agresseur.

« C'est hors de question ! répondit ce moine. C'est lui qui m'a attaqué, il devra payer. »

Alors l'abbé Sisois leva les bras au ciel et commença à prier :

« Seigneur Jésus, nous n'avons plus besoin de Toi. Nous sommes capables de faire payer nos agresseurs pour leurs offenses. Nous sommes capables de prendre en main notre vengeance et de veiller au Bien et au Mal. Par conséquent, Tu peux, Seigneur, T'éloigner de nous sans problème. »

Honteux, le moine offensé pardonna immédiatement à son frère.

« Tous les maîtres affirment que le trésor spirituel est une découverte solitaire. Alors, pourquoi sommes-nous ensemble ? demanda un disciple à son maître.

— Vous êtes ensemble parce que la forêt est toujours plus forte qu'un arbre isolé, répondit celui-ci. La forêt conserve l'humidité, résiste mieux à l'ouragan et contribue à la fertilité du sol. Mais ce qui fait la force de l'arbre, c'est sa racine. Et la racine d'une plante ne peut pas aider une autre plante à pousser.

« Être ensemble avec un but commun et permettre que chacun se développe à sa manière, voilà le chemin de ceux qui désirent communier avec Dieu. »

LORSQUE LE VOYAGEUR avait dix ans, sa mère le poussa à suivre un cours d'éducation physique. L'un des exercices consistait à sauter dans la rivière du haut d'un pont. Comme il mourait de peur, il s'arrangeait toujours pour être le dernier de la rangée et souffrait, chaque fois qu'un autre garçon sautait, à l'idée que viendrait bientôt son tour.

Un jour, voyant son appréhension, le professeur l'obligea à sauter le premier. Sa peur n'avait pas disparu, mais tout se passa si vite qu'il eut cette fois du courage.

Le maître dit :

« Très souvent, nous devons prendre notre temps. Mais quelquefois nous devons retrousser nos manches et affronter la situation. Dans ce cas, il n'est rien de pire que de reporter à plus tard. »

Un matin, le Bouddha était assis, entouré de ses disciples, lorsqu'un homme vint les trouver.

« Dieu existe-t-il ? demanda-t-il.

— Il existe », assura le Bouddha.

Après le déjeuner, un autre homme s'approcha :

« Dieu existe-t-il ?

— Non, il n'existe pas », affirma le Bouddha.

Plus tard dans la journée, un troisième homme posa la même question :

« Dieu existe-t-il ?

— C'est à vous de décider, déclara le Bouddha.

— Maître, c'est absurde ! s'écria l'un des disciples. Comment pouvez-vous à la même question donner des réponses différentes ?

— Parce que ce sont des personnes différentes, répliqua l'Illuminé, et chacune s'approchera de Dieu à sa manière : à travers la certitude, la négation ou le doute. »

Nous sommes tous désireux d'agir, de trouver des solutions, de prendre des mesures. Nous sommes toujours en train de faire un projet, d'en conclure un autre, d'en découvrir un troisième.

Il n'y a pas de mal à cela – en fin de compte, c'est ainsi que nous construisons et transformons le monde. Mais l'acte d'Adoration aussi fait partie de la vie.

S'arrêter de temps en temps, sortir de soi et demeurer silencieux devant l'Univers. Se mettre à genoux, corps et âme. Sans rien demander, sans penser, sans même remercier pour quoi que ce soit. Seulement vivre l'amour silencieux qui nous enveloppe. Dans ces moments-là, il se peut que jaillissent quelques larmes inattendues – qui ne sont ni de joie ni de tristesse.

N'en soyez pas étonné. C'est un don. Ces larmes lavent votre âme.

L<small>E MAÎTRE DIT</small> :

« Si vous devez pleurer, pleurez comme un enfant. Vous avez été enfant autrefois, et pleurer est l'une des premières choses que vous avez apprises. Et puis, cela fait partie de la vie. N'oubliez jamais que vous êtes libre et qu'il n'est pas honteux de manifester vos émotions. Criez, sanglotez, aussi bruyamment que vous le souhaitez, car c'est ainsi que pleurent les enfants, et ils savent comment soulager rapidement leur cœur.

« Avez-vous déjà remarqué comment les enfants s'arrêtent de pleurer ? Quelque chose les distrait, attire leur attention vers une nouvelle aventure. Les enfants cessent de pleurer rapidement.

« Et c'est ce qui vous arrivera, mais seulement si vous pleurez comme pleure un enfant. »

LE VOYAGEUR déjeune avec une amie avocate à Fort Lauderdale. À la table voisine, un ivrogne, très excité, insiste à plusieurs reprises pour engager la conversation. À un moment, l'amie lui demande de se tenir tranquille. Mais l'autre s'obstine :

« Pourquoi ? J'ai parlé d'amour comme un homme sobre ne l'aurait jamais fait. J'ai manifesté ma joie, j'ai essayé de communiquer avec des étrangers. Quel mal y a-t-il à cela ?

— Ce n'était pas le moment, répond-elle.

— Vous voulez dire qu'il y a une heure pour exprimer son bonheur ? »

À ces mots, les deux amis invitent l'ivrogne à leur table.

LE MAÎTRE DIT :

« Nous devons prendre soin de notre corps. Il est le temple du Saint-Esprit et mérite notre respect et notre tendresse.

« Nous devons faire le meilleur usage de notre temps. Nous devons lutter pour nos rêves et concentrer nos efforts dans ce sens.

« Mais il ne faut pas oublier que la vie est faite de petits plaisirs : ils sont là pour nous stimuler, nous aider dans notre quête, nous accorder des moments de répit tandis que nous menons nos batailles quotidiennes.

« Ce n'est pas un péché que d'être heureux. Il n'y a aucun mal à transgresser de temps en temps certaines règles en matière d'alimentation, de sommeil ou de bonheur.

« Ne vous culpabilisez pas si parfois vous perdez du temps à des vétilles. Ce sont les petits plaisirs qui sont nos plus grands stimulants. »

Pendant que le maître voyageait pour répandre la parole de Dieu, la maison dans laquelle il vivait avec ses disciples prit feu.

« Il nous a confié la maison et nous n'avons pas su en prendre soin », dit l'un des disciples.

Et ils se mirent sur-le-champ à réparer ce qui avait survécu à l'incendie. Le maître, revenu plus tôt que prévu, vit les travaux de reconstruction.

« Eh bien, les choses s'améliorent : une maison neuve ! », dit-il gaiement.

Embarrassé, l'un des disciples lui avoua la vérité : leur résidence avait été détruite par les flammes.

« Je ne comprends pas ce que vous me racontez là, lui rétorqua le maître. Je vois des hommes qui ont foi en la vie, qui entreprennent une nouvelle étape. Ceux qui ont perdu l'unique bien qu'ils possédaient sont dans une meilleure position que la plupart des gens car, dès lors, ils ont tout à gagner. »

LE PIANISTE Arthur Rubinstein était en retard à un déjeuner dans un grand restaurant new-yorkais. Ses amis commençaient à s'inquiéter lorsque Rubinstein apparut, accompagné d'une ravissante blonde trois fois plus jeune que lui.

Lui qui était connu pour son avarice commanda ce jour-là les plats les plus onéreux, les vins les plus rares et les plus raffinés. Le repas terminé, il régla l'addition, le sourire aux lèvres.

« Je sais que vous êtes tous surpris, dit Rubinstein, mais ce matin, je suis allé chez mon notaire préparer mon testament. Je laisse une somme confortable à ma fille et à mes proches, et j'ai fait de généreux dons à des œuvres de charité. Puis, tout d'un coup, je me suis rendu compte que je ne figurais pas sur mon testament : tout revenait aux autres ! Alors j'ai décidé de me traiter plus généreusement. »

Le maître dit :

« Si vous suivez le chemin de vos rêves, enga-gez-vous vraiment. Ne vous gardez pas une porte de sortie – par exemple, une excuse du genre : "Ce n'est pas tout à fait cela que je voulais." Cette phrase contient en elle le germe de la défaite.

« Assumez votre chemin, même si vous devez marcher d'un pas incertain, même si vous savez que vous pouvez mieux faire. Si vous accep-tez vos possibilités présentes, vous progresserez certainement à l'avenir. En revanche, si vous niez vos limites, vous ne vous en libérerez jamais.

« Envisagez votre chemin avec courage et ne craignez pas les critiques d'autrui. Surtout, ne vous laissez pas paralyser par l'autocritique.

« Dieu sera avec vous durant vos nuits d'insomnie, et Son amour séchera vos larmes secrètes. Dieu est le Dieu des vaillants. »

LE MAÎTRE demanda à ses disciples d'aller chercher de quoi manger. Ils étaient en voyage et avaient des difficultés pour se nourrir correctement.

Dans la soirée, les disciples revinrent, chacun apportant le peu qu'il avait reçu de la charité d'autrui : des fruits blets, presque pourris, du pain rassis, du vin aigre.

L'un d'eux, cependant, rapporta un sac de pommes bien mûres.

« Je ferai toujours mon possible pour aider mon maître et mes frères, dit-il en distribuant les pommes.

— Où avez-vous trouvé cela ? s'enquit le maître.

— J'ai dû les voler, répondit le disciple. Les gens ne me donnaient que des aliments avariés. Pourtant, ils savent bien que nous prêchons la parole de Dieu.

— Eh bien, allez-vous-en avec vos pommes, et ne revenez jamais ! s'exclama le maître. Celui qui vole *pour moi* finira par *me* voler. »

Nous parcourons le monde en quête de nos rêves et de nos idéaux. Très souvent, nous rendons inaccessible ce qui se trouve à portée de main. Lorsque nous découvrons notre erreur, nous comprenons que nous avons perdu notre temps en cherchant très loin ce qui était tout près. Nous nous culpabilisons pour nos faux pas, notre quête inutile et le chagrin que nous avons causé.

Le maître dit :

« Bien que le trésor soit enterré dans votre maison, vous ne le découvrirez que si vous ne le cherchez plus. Si Pierre n'avait pas éprouvé la douleur du reniement, il n'aurait pas été choisi pour chef de l'Église. Si le fils prodigue n'avait pas tout abandonné, il n'aurait pas été reçu et fêté par son père.

« Certaines choses dans la vie portent le sceau qui dit : "Vous ne comprendrez ma valeur que lorsque vous m'aurez perdu… et retrouvé." Il ne sert à rien de vouloir rendre plus court ce chemin. »

LE MAÎTRE demanda à son disciple préféré s'il avait fait des progrès sur le plan spirituel. Le disciple répondit qu'il parvenait à consacrer à Dieu chaque instant de sa journée.

« Alors, il ne vous reste plus qu'à pardonner à vos ennemis », remarqua le maître.

Le disciple se redressa, choqué :

« Mais ce n'est pas la peine ! Je ne suis pas en colère contre mes ennemis !

— Croyez-vous que Dieu soit en colère contre vous ? interrogea le maître.

— Non, bien sûr ! répondit le disciple.

— Et pourtant vous implorez Son pardon, n'est-ce pas ? Faites-en autant avec vos ennemis, même si vous n'éprouvez pas de haine à leur égard. Celui qui pardonne nettoie et parfume son propre cœur. »

LE JEUNE BONAPARTE tremblait comme une feuille durant les féroces bombardements du siège de Toulon. Le voyant dans cet état, un soldat dit à ses compagnons :

« Regardez-le, il est mort de peur !

— En effet, répliqua Bonaparte. Mais je continue à combattre. Si vous éprouviez la moitié de l'effroi que je ressens, vous auriez pris la fuite depuis très longtemps. »

Le maître dit :

« La peur n'est pas signe de lâcheté. C'est elle qui nous permet d'agir avec bravoure et dignité dans certaines circonstances. Celui qui éprouve la peur et va cependant de l'avant, sans se laisser intimider, fait preuve de courage. Mais celui qui affronte des situations difficiles sans tenir compte du danger ne fait preuve que d'irresponsabilité. »

LE VOYAGEUR se trouve dans une fête de la Saint-Jean. Il y a des baraques de foire, un stand de tir à l'arc, une nourriture simple.

Soudain, un clown se met à imiter tous ses gestes. Les gens rient, et lui aussi s'en amuse. Finalement, il invite le clown à boire un café.

« Engagez-vous dans la vie ! lui dit ce dernier. Si vous êtes vivant, vous devez secouer les bras, sauter, faire du bruit, rire et parler avec les autres, parce que la vie est exactement l'opposé de la mort. Mourir, c'est rester à tout jamais dans la même position. Si vous êtes trop tranquille, vous n'êtes plus en vie. »

Un puissant monarque que son dos faisait souffrir appela un prêtre qui, lui avait-on dit, possédait des pouvoirs de guérison.

« Dieu nous assistera, dit le saint homme, mais d'abord je veux comprendre la raison de ces douleurs. La confession oblige l'homme à affronter ses difficultés et le libère de quantité de choses. »

Et le prêtre se mit à questionner le roi sur sa vie, la manière dont il traitait son prochain, les angoisses et les tourments de son règne. Mais, irrité de devoir penser à ses problèmes, le monarque se tourna vers le saint homme :

« Je ne veux pas parler de ces sujets. Je vous en prie, allez me chercher quelqu'un qui me soignera sans poser de questions. »

Le prêtre s'en alla et revint une demi-heure après, accompagné d'un autre homme.

« Voici la personne qu'il vous faut, dit-il. Mon ami est vétérinaire, il n'a pas l'habitude de discuter avec ses patients. »

Un disciple et son maître se promenaient un matin dans la campagne. Le disciple demandait s'il existait un régime favorisant la purification. Bien que le maître affirmât avec insistance que tout aliment était sacré, il ne voulait pas le croire.

« Il doit bien exister une nourriture qui nous rapproche de Dieu, répétait-il.

— Vous avez peut-être raison. Ces champignons, là, par exemple », suggéra le maître.

Le disciple, tout excité, crut que les champignons allaient lui apporter la purification et l'extase. Mais lorsqu'il voulut en ramasser un, il poussa un cri horrifié :

« Ils sont vénéneux ! Si j'en mangeais un, je mourrais sur-le-champ !

— Eh bien, je ne connais pas d'autre aliment qui vous rapprocherait de Dieu », conclut le maître.

Au cours de l'hiver de 1981, en se promenant avec sa femme dans les rues de Prague, le voyageur remarque un jeune garçon qui dessine les bâtiments alentour.

Il apprécie l'un de ses dessins et décide de l'acheter. Quand il lui tend son argent, il constate que le garçon ne porte pas de gants, malgré une température de – 5 °C.

« Pourquoi ne portez-vous pas de gants ? demande-t-il.

— Pour pouvoir tenir mon crayon. »

Ils discutent un peu de Prague, puis le garçon propose de faire le portrait de la femme du voyageur, gratuitement.

Tandis qu'il attend que le dessin soit terminé, le voyageur se rend compte qu'il s'est passé une chose étrange ; il a bavardé avec ce jeune homme pendant presque cinq minutes sans que l'un parle la langue de l'autre. Ils n'ont eu recours qu'à des gestes, des rires, des mimiques ; mais la volonté de partager leur a permis d'entrer dans le monde du langage sans paroles.

Un de ses amis emmena Hassan à la porte d'une mosquée, où un aveugle faisait l'aumône.

« Cet aveugle, dit l'ami, est l'homme le plus sage de notre pays.

— Depuis combien de temps êtes-vous aveugle ? demanda Hassan à l'homme.

— Depuis ma naissance.

— Est-ce cela qui a fait de vous un sage ?

— Comme je n'acceptais pas ma cécité, j'ai voulu devenir astronome, répondit l'homme. Puisque je ne pouvais pas voir les cieux, j'ai été forcé d'imaginer les étoiles, le Soleil, les galaxies. À mesure que je me rapprochais de l'œuvre de Dieu, je me suis rapproché de Sa sagesse. »

Dans un bar d'un village perdu, en Espagne, près d'une ville nommée Olite, on lit sur une affiche le texte suivant que le patron a rédigé :

Justement au moment où j'avais réussi à trouver toutes les réponses, toutes les questions ont changé.

Le maître dit :

« Nous sommes toujours très occupés à chercher des réponses. Nous considérons qu'elles sont essentielles pour comprendre le sens de la vie. Mais il est plus important encore de vivre pleinement et de laisser le temps se charger de nous révéler les secrets de notre existence. Si nous sommes trop occupés à trouver un sens, nous ne laissons pas faire la nature, et nous sommes incapables de lire les signes de Dieu. »

Une légende australienne raconte l'histoire d'un sorcier qui se promenait avec ses trois sœurs lorsque le plus célèbre guerrier de l'époque les aborda.

« Je veux épouser l'une de ces belles jeunes filles, déclara le guerrier.

— Si l'une d'elles se marie, les autres vont souffrir. C'est pourquoi je cherche une tribu qui autorise les guerriers à avoir trois femmes », rétorqua le sorcier en s'éloignant.

Pendant des années, il parcourut en vain le continent australien.

« L'une de nous au moins aurait pu être heureuse, fit remarquer l'une des sœurs, tandis qu'ils étaient vieux et fatigués d'avoir tant marché.

— J'ai eu tort, reconnut le sorcier, mais à présent il est trop tard. »

Et il transforma ses trois sœurs en blocs de pierre, afin que tous ceux qui passeraient par là comprennent que le bonheur de l'un ne signifie pas la tristesse des autres.

Le journaliste Wagner Carelli alla interviewer l'écrivain argentin Jorge Luis Borges.

L'entretien terminé, ils parlèrent du langage qui existe au-delà des mots et de l'immense capacité que possède l'être humain de comprendre son prochain.

« Je vais vous donner un exemple », dit Borges.

Et il se mit à s'exprimer dans une langue étrange. À la fin, il demanda au journaliste ce qu'il venait de réciter.

Avant même que Carelli ait eu le temps de répondre, le photographe qui l'accompagnait s'écria :

« C'est la prière du Notre Père.

— C'est exact, dit Borges, je la disais en finnois. »

Un dompteur de cirque parvient à dresser un éléphant en recourant à une technique très simple : alors que l'animal est encore jeune, il lui attache une patte à un tronc d'arbre très solide. Malgré tous ses efforts, l'éléphanteau n'arrive pas à se libérer. Peu à peu, il s'habitue à l'idée que le tronc est plus fort que lui. Une fois qu'il est devenu un adulte doté d'une force colossale, il suffit de lui passer une corde au pied et de l'attacher à un jeune arbre. Il ne cherchera même pas à se libérer.

Comme ceux des éléphants, nos pieds sont entravés par des liens fragiles. Mais, comme nous avons été accoutumés dès l'enfance à la puissance du tronc d'arbre, nous n'osons pas lutter.

Sans savoir qu'il nous suffirait d'un geste de courage pour découvrir toute notre liberté.

Il n'avance à rien de demander des explications sur Dieu ; vous pouvez entendre de très belles paroles, au fond ce sont des mots vides. De même, vous pouvez lire une encyclopédie entière sur l'amour et ne pas savoir ce qu'est aimer.

Le maître dit :

« Personne ne réussira à prouver que Dieu existe, ni qu'Il n'existe pas. Certaines choses dans la vie doivent être vécues, et jamais expliquées.

« L'amour en fait partie. Dieu – qui est amour – également. La foi est une expérience d'enfant, au sens magique où Jésus a dit : "Le Royaume des Cieux appartient aux enfants."

« Dieu n'entrera jamais dans votre tête. La porte par laquelle Il passe est votre cœur. »

LE PÈRE SUPÉRIEUR le disait toujours : frère Jean priait tellement qu'il n'avait plus d'inquiétude à avoir, ses passions avaient été vaincues.

Ces propos parvinrent aux oreilles de l'un des sages du monastère de Sceta. Un soir, après le dîner, ce dernier appela les novices.

« Vous avez entendu dire que frère Jean n'avait plus de tentations à surmonter, déclara-t-il. Mais l'absence de lutte affaiblit l'âme. Prions le Seigneur pour qu'Il envoie à frère Jean une tentation très forte. Et si frère Jean la vainc, nous Le prierons pour qu'Il lui en envoie une autre, et encore une autre. Et lorsque notre frère devra lutter de nouveau contre les tentations, nous prierons pour qu'il ne dise jamais : *Seigneur, éloigne de moi ce démon,* mais au contraire : *Seigneur, donne-moi la force d'affronter le mal.* »

Iʟ ᴇsᴛ ᴜɴ ᴍᴏᴍᴇɴᴛ de la journée où notre vision est indistincte : c'est le crépuscule. La lumière et les ténèbres se rejoignent, et rien n'est totalement clair ni totalement obscur. Dans la plupart des traditions spirituelles, ce moment est considéré comme sacré.

La tradition catholique nous enseigne qu'à six heures du soir nous devons réciter l'Ave Maria. Dans la tradition quechua, si nous rencontrons un ami durant l'après-midi et que nous sommes toujours ensemble au crépuscule, nous devons tout recommencer et le saluer de nouveau d'un « bonsoir ».

Au crépuscule, l'équilibre entre l'homme et la planète est mis à l'épreuve. Dieu mêle l'ombre et la lumière pour voir si la Terre a le courage de continuer à tourner.

Si la Terre n'est pas effrayée par l'obscurité, la nuit passe, et un nouveau Soleil brille le lendemain.

LE PHILOSOPHE ALLEMAND Schopenhauer se promenait dans une rue de Dresde, cherchant des réponses aux questions qui l'angoissaient. Soudain, passant devant un jardin, il décida d'y demeurer quelques heures à regarder les fleurs.

Trouvant le comportement de cet homme étrange, un habitant du voisinage appela la police. Quelques minutes plus tard, un policier s'approcha de Schopenhauer.

« Qui êtes-vous ? » lui demanda-t-il d'un ton rude.

Schopenhauer toisa de la tête aux pieds l'homme qui se tenait devant lui.

« Si vous savez répondre à cette question, dit-il, je vous en serai éternellement reconnaissant. »

Un homme en quête de sagesse décida de se rendre dans les montagnes où, lui avait-on dit, Dieu apparaissait tous les deux ans.

La première année, il se nourrit de tout ce que la terre lui offrait. Puis il n'y eut plus rien à manger et il dut retourner en ville.

« Dieu est injuste ! s'exclama-t-il. Il n'a pas vu que j'étais resté ici tout ce temps afin d'entendre Sa voix. À présent j'ai faim, et je m'en vais sans L'avoir entendu. »

À cet instant un ange apparut :

« Dieu aimerait beaucoup parler avec vous. Durant toute une année, Il vous a nourri. Il espérait que vous subviendriez à vos besoins l'année suivante. Mais, pendant ce temps, qu'avez-vous planté ? Si un homme n'est pas capable de faire pousser des fruits à l'endroit où il vit, il n'est pas prêt à parler avec Dieu. »

Il NOUS ARRIVE de penser : « Vraiment, on dirait que la liberté humaine consiste à choisir sa propre servitude. Je travaille huit heures par jour et, si j'obtiens un avancement, j'en travaillerai douze. Je me suis marié, et maintenant je n'ai plus de temps pour moi. J'ai cherché Dieu, et je suis obligé d'assister aux cultes, aux messes, aux cérémonies religieuses. Tout ce qui est important dans cette vie – l'amour, le travail, la foi – se transforme en un fardeau pesant. »

Le maître dit :

« Seul l'amour nous permet de trouver une issue. Seul l'amour de ce que nous faisons transforme la servitude en liberté. Si nous ne pouvons pas aimer, il est préférable d'arrêter tout de suite. Jésus a dit : "Si ton œil gauche te choque, crève-le." Il vaut mieux être aveugle d'un œil que de laisser tout ton corps périr dans les ténèbres. »

Cette phrase est dure, mais il en est ainsi.

Un ermite parvint à jeûner une année entière en ne s'alimentant qu'une fois par semaine. Après ce sacrifice, il demanda à Dieu de lui révéler le sens profond d'un certain passage de la Bible.

Il ne reçut aucune réponse.

« Quelle perte de temps ! se dit-il. Tant de privations, et Dieu ne me répond pas ! Je ferais mieux de partir d'ici et de trouver un moine qui connaisse la signification de ce verset. »

À cet instant apparut un ange.

« Ces douze mois de jeûne n'ont servi qu'à vous faire croire que vous étiez meilleur que les autres, et Dieu n'entend pas les vaniteux, lui dit l'ange. Mais au moment où vous avez fait preuve d'humilité en demandant l'aide de votre prochain, Dieu m'a envoyé. »

Et l'ange révéla au moine ce qu'il voulait savoir.

LE MAÎTRE DIT :

« Voyez comme certains mots ont été formés de manière que l'on comprenne clairement leur signification.

« Prenons le mot "préoccupation", et scindons-le en deux : "pré" et "occupation". Il signifie s'occuper d'une chose avant qu'elle ne se produise.

« Qui donc, dans tout cet univers, possède l'aptitude de s'occuper de quelque chose qui n'est pas encore arrivé ?

« Ne soyez jamais préoccupés. Soyez attentifs à votre destin et à votre chemin. Apprenez tout ce que vous devez savoir pour bien manier l'épée de lumière qui vous a été confiée. Observez comment luttent vos amis, vos maîtres, vos ennemis.

« Entraînez-vous suffisamment, mais ne commettez pas la pire des erreurs, qui serait de croire que vous savez quel coup votre adversaire va vous porter. »

C'EST VENDREDI, vous rentrez chez vous et vous prenez les journaux que vous n'avez pas eu le temps de lire durant la semaine. Vous allumez la télévision sans le son, vous mettez un disque. Vous utilisez la télécommande pour passer d'une chaîne à l'autre, et vous feuilletez quelques pages tout en écoutant la musique. Les journaux ne contiennent rien de nouveau, les programmes de télévision sont répétitifs et vous avez déjà écouté ce disque des dizaines de fois. Votre femme s'occupe des enfants, sacrifiant le meilleur de sa jeunesse sans vraiment comprendre pourquoi elle le fait.

Une excuse vous passe par la tête : « Bon, c'est la vie ! » Non, la vie, ce n'est pas cela. La vie, c'est l'enthousiasme. Essayez de vous rappeler où vous avez caché votre enthousiasme. Prenez avec vous votre femme et vos enfants, et tâchez de le retrouver avant qu'il ne soit trop tard. L'amour n'a jamais empêché personne de poursuivre ses rêves.

C'ÉTAIT LA VEILLE de Noël. Le voyageur et sa femme dînaient dans l'unique restaurant d'un village des Pyrénées, et ils faisaient le bilan de l'année sur le point de se terminer. Le voyageur se mit à déplorer un événement qui ne s'était pas déroulé comme il l'aurait souhaité.

Sa femme regardait fixement le sapin de Noël qui décorait le restaurant. Le voyageur songea qu'elle ne semblait guère intéressée par la conversation, et il changea de sujet :

« Les décorations de cet arbre sont très jolies, remarqua-t-il.

— C'est vrai, répondit-elle. Mais si tu observes bien, au milieu de ces dizaines d'ampoules, il y en a une de grillée. Il me semble que, au lieu de considérer les innombrables bénédictions qui ont illuminé l'année passée, tu fixes ton regard sur la seule ampoule qui n'a rien éclairé du tout. »

« Tu vois ce saint homme, si humble, qui marche sur la route ? dit un démon à un autre. Eh bien, je m'en vais conquérir son âme.

— Il ne t'écoutera pas, il ne prête attention qu'aux choses saintes », répliqua son compagnon.

Mais le diable, rusé comme toujours, revêtit les habits de l'ange Gabriel et apparut au saint homme.

« Je suis venu vous aider, lui dit-il.

— Vous me confondez sans doute avec quelqu'un d'autre, rétorqua le saint homme. Je n'ai jamais rien fait dans ma vie pour mériter l'apparition d'un ange. »

Et il poursuivit sa route, sans savoir à quoi il avait échappé.

ANGELA PONTUAL assistait à une pièce de théâtre à Broadway, et elle sortit prendre un verre à l'entracte. Le hall était bondé, les gens fumaient, bavardaient, buvaient.

Un pianiste jouait, mais personne ne prêtait attention à la musique. Angela commença à boire tout en observant le musicien. Il semblait s'ennuyer, jouer par obligation et attendre impatiemment la fin de l'entracte.

Au troisième whisky, un peu ivre, elle s'approcha du pianiste.

« Vous êtes un enquiquineur ! vociféra-t-elle. Pourquoi ne jouez-vous pas simplement pour vous-même ? »

Le pianiste la regarda, surpris. Et il se mit aussitôt à jouer les airs qu'il aimait. En quelques minutes, le silence se fit.

Quand le pianiste s'arrêta, tout le monde applaudit avec enthousiasme.

SAINT FRANÇOIS D'ASSISE était un jeune homme très populaire lorsqu'il décida de tout quitter pour bâtir l'œuvre de sa vie. Sainte Claire était une belle femme quand elle fit vœu de chasteté. Raymond Lulle fréquentait les grands intellectuels de son temps lorsqu'il se retira dans le désert.

La quête spirituelle est, avant tout, un défi. Celui qui s'en sert pour fuir ses problèmes n'ira pas bien loin. Cela n'a aucun intérêt de se retirer du monde pour un homme qui échoue à se faire des amis. Cela n'a aucun sens de faire vœu de pauvreté lorsqu'on est incapable d'assurer sa subsistance. Ni d'être humble lorsqu'on est un lâche.

Posséder quelque chose et y renoncer est une chose. N'avoir rien et condamner ceux qui possèdent en est une autre. Il est très facile à un homme impuissant de prêcher la chasteté absolue, mais quelle valeur a son engagement ?

Le maître dit :

« Louez l'œuvre de Dieu. Faites la conquête de vous-même tandis que vous affrontez le monde. »

COMME IL EST FACILE d'être difficile ! Il nous suffit de demeurer loin des autres, ainsi nous ne souffrirons jamais. Nous ne courrons pas le risque d'aimer, d'être déçu, de voir nos rêves frustrés.

Comme il est facile d'être difficile. Nous n'avons pas à nous soucier des coups de téléphone à donner, des gens qui nous demandent de leur venir en aide, des bienfaits qu'il faudrait dispenser.

Comme il est facile d'être difficile. Il nous suffit de faire semblant d'être dans une tour d'ivoire et de ne jamais verser une larme. Il nous suffit de passer le reste de notre vie à jouer un rôle.

Comme il est facile d'être difficile. Il nous suffit de rejeter tout ce que la vie offre de meilleur.

Un patient déclara à son médecin :

« Docteur, je suis sous l'emprise de la peur et cela me prive de toute joie de vivre.

— Dans mon cabinet, il y a un petit rat qui mange mes livres, lui répondit le médecin. Si je m'acharne à essayer de l'attraper, il ira se cacher, et je passerai tout mon temps à le pourchasser. C'est pourquoi je mets en lieu sûr les livres qui ont de l'importance et je lui en laisse quelques autres à ronger. Ainsi, il reste petit et ne devient pas un monstre. Redoutez certaines choses et concentrez sur elles toute votre peur. Ainsi, vous aurez du courage pour le reste. »

LE MAÎTRE DIT :

« Très souvent, il est plus facile d'aimer que d'être aimé.

« Nous avons du mal à accepter l'aide et le soutien des autres. Nos efforts pour paraître indépendants les privent de l'occasion de nous prouver leur amour.

« Nombre de parents, lorsqu'ils vieillissent, empêchent leurs enfants de leur prodiguer la tendresse et le soutien qu'ils ont eux-mêmes reçus lorsqu'ils étaient petits. Beaucoup d'époux (ou d'épouses), quand le destin les frappe, ont honte de dépendre de l'autre. Résultat : les eaux de l'amour ne se répandent plus.

« Nous devons accepter les gestes d'amour de notre prochain. Nous devons permettre à quelqu'un de nous aider, de nous soutenir, de nous donner la force de continuer.

« Si nous acceptons cet amour avec pureté et humilité, nous comprendrons que l'Amour ne consiste pas à donner ou à recevoir, mais à participer. »

ÈVE se promenait dans le jardin d'Éden lorsque le serpent s'approcha d'elle.

« Mange cette pomme », lui dit-il.

Ève, que Dieu avait instruite, refusa.

« Mange cette pomme, insista le serpent, tu dois te faire plus belle pour ton homme.

— Je n'en ai pas besoin, répondit-elle, il n'a pas d'autre femme que moi. »

Le serpent rit :

« Bien sûr que si ! »

Et, comme Ève ne le croyait pas, il l'emmena jusqu'en haut d'une colline où se trouvait un puits.

« Elle est là, au fond. C'est là qu'Adam l'a cachée. »

Ève se pencha et vit dans l'eau du puits l'image d'une belle femme. Alors, sans hésiter, elle croqua la pomme que le serpent lui offrait.

Extraits d'une « Lettre à mon cœur » anonyme :

« Mon cœur, jamais je ne te condamnerai, je ne te critiquerai, je n'aurai honte de tes paroles. Je sais que tu es un enfant chéri de Dieu et qu'Il t'entoure d'une radieuse lumière d'amour.

J'ai confiance en toi, mon cœur. Je suis de ton côté, je réclamerai toujours ta bénédiction dans mes prières, je demanderai toujours que tu trouves l'aide et le soutien dont tu as besoin.

Je crois en toi, mon cœur. Je crois que tu partageras ton amour avec ceux qui le méritent ou qui en ont besoin. Que mon chemin sera ton chemin, et que nous marcherons ensemble vers le Saint-Esprit.

Je t'en prie, aie confiance en moi. Sache que je t'aime et que je m'efforce de te donner toute la liberté dont tu as besoin pour continuer à battre joyeusement dans ma poitrine. Je ferai tout ce qui sera à ma portée pour que tu ne te sentes jamais incommodé par ma présence autour de toi. »

L‍E MAÎTRE DIT :

« Lorsque nous décidons d'agir, il est naturel que surgissent des conflits inattendus. Et il est naturel que ces conflits nous laissent des blessures.

« Les blessures passent. Restent les cicatrices, et c'est une bénédiction. Ces cicatrices demeurent avec nous pour le restant de nos jours, et elles nous sont d'un grand secours. Si à un moment donné, par commodité ou pour toute autre raison, le désir de régresser se fait violemment sentir, il nous suffit de les regarder.

« Les cicatrices nous montreront la marque des menottes, elles nous rappelleront les horreurs de la prison, et nous irons de l'avant. »

Dans son Épître aux Corinthiens, saint Paul nous dit que la douceur est l'une des principales caractéristiques de l'amour.

Ne l'oublions jamais : l'amour est tendresse. Une âme rigide ne permet pas à la main de Dieu de la modeler selon Ses désirs.

Le voyageur marchait sur une petite route dans le nord de l'Espagne quand il vit un paysan couché dans un jardin.

« Vous êtes en train d'écraser les fleurs, lui dit-il.

— Non, répliqua l'homme. J'essaie de prendre un peu de leur douceur. »

Le maître dit :

« Priez tous les jours. Même si vos prières sont muettes, même si vous ne comprenez pas pourquoi, faites de la prière une habitude. Si cela semble difficile au début, fixez-vous cette proposition : "Je vais prier tous les jours de la semaine prochaine." Et renouvelez cette promesse tous les sept jours.

« Souvenez-vous que non seulement vous créez ainsi un lien intime avec le monde spirituel, mais que vous entraînez également votre volonté. C'est à travers certaines pratiques que nous développons la discipline nécessaire au véritable combat de l'existence.

« Il n'avance à rien d'oublier un jour sa promesse et de prier deux fois le lendemain. Ni de réciter sept prières le même jour et de passer le reste de la semaine à se dire que l'on a accompli sa tâche.

« Certaines choses doivent s'accomplir au rythme approprié et dans la bonne mesure. »

Un méchant homme meurt et, à la porte de l'Enfer, il rencontre un ange.

Ce dernier lui dit : « Il suffit que vous ayez fait une bonne action dans votre vie, cela vous portera secours. »

L'homme répond : « Je n'ai jamais rien fait de bon dans cette vie.

— Réfléchissez bien », insiste l'ange.

Alors l'homme se souvient qu'un jour, tandis qu'il marchait en forêt, il a vu sur le chemin une araignée et qu'il a fait un détour pour ne pas l'écraser.

L'ange sourit et une toile d'araignée descend des cieux pour permettre à l'homme de monter jusqu'au Paradis. D'autres condamnés en profitent pour grimper avec lui, mais l'homme se retourne et, craignant que le fil ne se rompe, il se met à les repousser.

À cet instant, le fil craque et l'homme est de nouveau projeté en Enfer.

« C'est dommage, lui dit l'ange. Votre égoïsme a transformé en mal la seule chose positive que vous ayez jamais faite ! »

Le maître dit :

« Le carrefour est un lieu sacré. C'est là que le pèlerin doit prendre une décision. C'est pourquoi les dieux ont coutume d'y dormir et d'y manger.

« Là où les routes se croisent, deux grandes énergies se concentrent – le chemin que l'on va choisir, et celui que l'on abandonne. Tous deux ne font alors plus qu'un, mais seulement pour une courte période.

« Le pèlerin peut se reposer, dormir un peu, et même consulter les dieux qui habitent là. Mais il ne peut pas y demeurer pour toujours : lorsque son choix est fait, il doit poursuivre sa route, sans penser à la voie qu'il a délaissée.

« Sinon, le carrefour devient une malédiction. »

Au nom de la Vérité, l'humanité a commis les pires crimes. Des hommes et des femmes sont morts sur le bûcher. La culture de certaines civilisations a été anéantie. Ceux qui commettaient le péché de la chair étaient exclus. Ceux qui cherchaient un chemin différent, marginalisés.

L'un d'eux, au nom de la « vérité », a fini crucifié. Mais avant de mourir, Il nous a laissé une grande définition de la Vérité.

Ce n'est pas ce qui nous donne des certitudes.

Ce n'est pas ce qui nous donne de la profondeur.

Ce n'est pas ce qui nous rend meilleurs que les autres.

Ce n'est pas ce qui nous retient dans la prison des préjugés.

La Vérité est ce qui nous rend libres.

« Vous connaîtrez la Vérité, et la Vérité vous libérera », a-t-Il dit.

Un moine du monastère de Sceta ayant commis une grave faute, on appela le plus sage des ermites afin de le juger.

Tout d'abord, l'ermite refusa, mais les autres insistèrent tant qu'il accepta. Avant de partir, cependant, il prit un seau dont il perça le fond de quelques trous. Puis il le remplit de sable et prit la route du monastère.

Le supérieur, le voyant entrer, lui demanda ce qu'il portait là.

« Je suis venu juger mon prochain, dit l'ermite. Mes péchés s'écoulent derrière moi, comme le sable de ce seau. Mais comme je ne regarde pas en arrière, je ne les vois pas. Et vous m'avez appelé pour que je juge mon prochain ! »

Les moines renoncèrent sur-le-champ à juger leur frère.

Sur les murs d'une petite église des Pyrénées, il est écrit :

Seigneur, que ce cierge que je viens d'allumer soit lumière et m'éclaire dans mes décisions et dans mes difficultés.

Qu'il soit feu pour que Tu brûles en moi l'égoïsme, l'orgueil et l'impureté.

Qu'il soit flamme pour que Tu réchauffes mon cœur et m'apprennes à aimer.

Je ne puis rester très longtemps dans Ton église, mais en laissant ce cierge, je laisse ici un peu de moi-même. Cela m'aide à prolonger ma prière parmi les activités de ce jour.

Amen.

Un ami du voyageur décida de passer quelques semaines dans un monastère au Népal. Un après-midi, il entra dans l'un des nombreux temples et il y vit un moine qui souriait, assis sur l'autel.

« Pourquoi souriez-vous ? lui demanda-t-il.

— Parce que je comprends ce que signifient les bananes », répondit le moine, ouvrant son sac et en sortant une banane toute pourrie. « Celle-ci, c'est la vie qui s'en est allée, que l'on n'a pas saisie au bon moment ; désormais il est trop tard. »

Ensuite, il retira de son sac une banane encore verte. Il la montra à l'homme, puis la remit à sa place.

« Celle-là, c'est la vie qui n'est pas encore advenue, il faut attendre le bon moment », ajouta-t-il.

Enfin, il prit une banane mûre, dont il enleva la peau, et la partagea avec l'ami du voyageur en disant :

« Voici le moment présent. Sachez le vivre sans crainte. »

Baby Consuelo emmena son fils au cinéma avec en poche juste l'argent nécessaire. Le gamin était tout excité et il demandait sans cesse à sa mère quand ils arriveraient.

S'arrêtant à un feu rouge, elle vit un mendiant assis sur le trottoir qui ne tendait pas la main aux passants. Alors elle entendit une voix qui lui disait : « Donne-lui tout l'argent que tu as sur toi. »

Baby expliqua à la voix qu'elle avait promis à son fils de l'emmener au cinéma.

« Donne tout, insista la voix.

— Je peux donner la moitié, mon fils entrera tout seul et je l'attendrai à la sortie », objecta-t-elle.

Mais la voix n'entendait pas discuter :

« Donne *tout*. »

Baby n'eut pas le temps d'expliquer tout cela au garçon. Elle arrêta sa voiture et tendit au mendiant tout l'argent qu'elle avait.

« Dieu existe, et vous venez de me le prouver, lui dit le mendiant. Aujourd'hui, c'est mon anniversaire. J'étais triste, j'avais honte de toujours demander l'aumône. Alors j'ai décidé de ne pas tendre la main et je me suis dit : si Dieu existe, Il me fera un cadeau. »

Un pèlerin traverse un petit village au plus fort de l'orage, et il aperçoit une maison qui brûle. En s'approchant, il distingue un homme assis dans le salon en flammes.

« Hé ! Votre maison est en feu, s'écrie le pèlerin.

— Je le sais, répond l'homme.

— Alors, pourquoi ne sortez-vous pas ?

— Parce qu'il pleut, explique l'homme. Ma mère m'a toujours dit que, si l'on sortait sous la pluie, on risquait d'attraper une pneumonie. »

Zao Chi commente ainsi la fable : *Sage est l'homme qui parvient à se sortir d'une situation quand il s'y voit forcé.*

Dans certaines traditions magiques, les disciples consacrent un jour par an – ou une fin de semaine, si c'est nécessaire – à entrer en contact avec les objets de leur maison. Ils touchent chaque objet et demandent à voix haute : « Ai-je vraiment besoin de cela ? »

Ils prennent les livres sur l'étagère : « Relirai-je ce livre un jour ? »

Ils examinent les souvenirs qu'ils ont conservés : « Est-ce que je considère encore comme important le moment que cet objet me rappelle ? »

Ils ouvrent toutes les armoires : « Depuis combien de temps ai-je ce vêtement sans jamais le porter ? En ai-je vraiment besoin ? »

Le maître dit :

« Les objets ont leur énergie propre. Quand ils ne sont pas utilisés, ils finissent par se transformer en eau stagnante et la maison devient alors l'endroit idéal pour la moisissure et les moustiques.

« Il faut être attentif et laisser cette énergie se répandre librement. Si vous gardez ce qui est vieux, le neuf n'a plus d'espace où se manifester. »

UNE ANCIENNE LÉGENDE péruvienne évoque une ville où tout le monde était heureux. Les habitants faisaient tout ce qu'ils désiraient et ils s'entendaient bien entre eux – à l'exception du préfet, qui déplorait de ne rien diriger du tout. La prison était vide, le tribunal ne servait jamais, et le notaire ne faisait aucun profit car la parole donnée avait davantage de valeur que le papier.

Un jour, le préfet fit venir de loin des ouvriers qui élevèrent une palissade au centre de la place principale. Pendant une semaine on entendit les marteaux frapper et les scies couper le bois.

Puis le préfet invita tous les habitants à l'inauguration. Très solennellement, la palissade fut enlevée et l'on vit apparaître… une potence.

Les gens se demandèrent ce que cette potence faisait là. Effrayés, ils se mirent à recourir à la justice pour toutes sortes de problèmes qui étaient auparavant résolus d'un commun accord. Ils allèrent trouver le notaire pour enregistrer des documents auxquels autrefois la parole se substituait. Et ils écoutèrent ce que disait le préfet, car ils craignaient la loi.

La légende précise que la potence ne fut jamais utilisée. Mais sa seule présence avait suffi pour tout changer.

LE PSYCHIATRE ALLEMAND Viktor Frank évoque en ces termes son expérience dans un camp de concentration nazi :

« Au milieu des châtiments et des humiliations, un prisonnier s'écria : "Quelle honte si nos femmes nous voyaient ainsi !" Ce commentaire me fit penser au visage de mon épouse et, en un instant, je fus transporté hors de cet enfer. Je retrouvai la volonté de vivre, me disant que le salut de l'homme lui est donné *par* et *pour* l'amour.

« J'étais là, au milieu de ce supplice, et pourtant capable de comprendre Dieu, car je pouvais contempler mentalement le visage de ma bien-aimée.

« Le gardien donna un ordre, mais je n'obéis pas, parce qu'à ce moment je n'étais pas dans l'enfer. Bien que je n'eusse aucun moyen de savoir si ma femme était vivante ou morte, cela ne changeait rien. Contempler mentalement son image me rendait ma dignité et ma force. Même quand on retire tout à un homme, il a encore le bonheur de se rappeler le visage de la personne qu'il aime, et cela le sauve. »

LE MAÎTRE DIT :

« Dorénavant, et pour quelques centaines d'années, l'univers va boycotter tous ceux qui ont des opinions préconçues.

« L'énergie de la terre exige d'être renouvelée. Les idées nouvelles ont besoin d'espace. Le corps et l'âme ont soif de nouveaux défis. L'avenir frappe à notre porte, et toutes les idées – excepté celles qui reposent sur des préjugés – auront une chance de se manifester.

« L'important demeurera, l'inutile disparaîtra. Mais que chacun se contente de juger ses propres conquêtes : nous ne sommes pas juges des rêves de notre prochain.

« Pour avoir foi dans notre propre chemin, il n'est nul besoin de prouver que celui de l'autre n'est pas le bon. Celui qui agit ainsi n'a pas confiance en ses propres pas. »

LA VIE EST À L'IMAGE d'une grande course cycliste dont le but est pour chacun l'accomplissement de sa Légende Personnelle.

Sur la ligne de départ, nous sommes tous animés par les mêmes sentiments de camaraderie et d'enthousiasme. Mais, à mesure que la course se déroule, la joie initiale fait place aux vrais défis : la fatigue, la monotonie, les doutes sur nos capacités... Nous constatons que certains amis ont renoncé à relever le défi – ils courent encore, mais seulement parce que l'on ne peut pas s'arrêter au beau milieu d'une route. Ils sont nombreux, ils pédalent à côté de la voiture de secours, ils bavardent entre eux, ils accomplissent un devoir.

Nous finissons par prendre nos distances ; alors, il nous faut affronter la solitude, l'imprévu qui surgit des virages inconnus, les difficultés matérielles causées par notre bicyclette. Finalement, nous nous demandons si tout cet effort vaut vraiment la peine.

Oui, il en vaut la peine. Simplement, il ne faut pas renoncer.

Le maître traverse avec son disciple le désert d'Arabie. Il met à profit chaque moment du voyage pour lui enseigner ce qu'est la foi. « Ayez confiance en Dieu, dit-il, Dieu n'abandonne jamais Ses enfants. »

Un soir, au campement, il demande au disciple d'aller attacher leurs montures à un rocher voisin. Le disciple se souvient alors des enseignements de son maître. « Il est en train de me mettre à l'épreuve, pense-t-il. Je dois confier les chevaux à Dieu. » Et il laisse les bêtes en liberté.

Le lendemain matin, il découvre qu'elles se sont enfuies. Révolté, il va trouver son maître.

« Vous n'entendez rien à Dieu, s'exclame-t-il. Je Lui ai confié la garde des chevaux, et les animaux ne sont plus là !

— Dieu voulait prendre soin des chevaux, rétorque le maître. Mais, à ce moment, Il avait besoin de vos mains pour les attacher. »

« Il se peut que Jésus ait envoyé en Enfer certains de ses disciples pour sauver des âmes, dit John. Même en Enfer, tout n'est pas perdu. »

Cette idée surprend le voyageur. John est pompier à Los Angeles et c'est son jour de congé.

« Pourquoi dites-vous cela ? s'étonne le voyageur.

— Parce que j'ai déjà vécu l'enfer sur cette Terre. Je pénètre dans des bâtiments en flammes, je vois des gens désespérés qui tentent de s'échapper, et il m'est très souvent arrivé de risquer ma vie pour les sauver. Je ne suis qu'une particule dans cet immense univers, forcé d'agir en héros au milieu de tous les enfers de feu que j'affronte. Si moi, qui ne suis rien, je parviens à agir de la sorte, imaginez ce que Jésus a dû faire ! Je suis sûr que certains de ses apôtres se sont infiltrés en Enfer pour y sauver des âmes. »

L<small>E</small> <small>MAÎTRE DIT</small> :

« Dans la plupart des civilisations primitives, on avait coutume d'enterrer les morts en position fœtale. "Il naît à une nouvelle vie, donc nous devons le placer dans la position qui était la sienne quand il est venu au monde", pensait-on. Pour ces civilisations, la mort n'était qu'un pas de plus sur le long chemin de l'univers.

« Peu à peu, le monde a perdu cette vision paisible de la mort. Mais qu'importe ce que nous pensons, ce que nous faisons, ce en quoi nous croyons : nous mourrons tous un jour.

« Il vaut mieux, comme les vieux Indiens Yaquis, prendre la mort pour conseillère. Et toujours nous demander : "Puisque je vais mourir, que dois-je faire maintenant ?" »

LA VIE, ce n'est pas demander ou donner des conseils. Si nous avons besoin d'aide, il est préférable d'observer comment les autres résolvent – ou échouent à résoudre – leurs problèmes.

Notre ange est toujours présent, et très souvent il se sert des lèvres d'autrui pour nous dire quelque chose. Mais il s'adresse à nous de manière fortuite, en général au moment où, bien qu'attentifs, nous ne laissons pas nos préoccupations troubler le miracle de la vie.

Laissons notre ange nous parler de la manière qui lui est coutumière, quand il pense que c'est nécessaire.

Le maître dit :

« Les conseils sont la théorie de la vie. La pratique est, en général, très différente. »

Un prêtre du Renouveau charismatique de Rio de Janeiro voyageait dans un autocar quand il entendit une voix lui enjoignant de se lever sans attendre et de prêcher la parole du Christ. Le prêtre se mit à converser avec la voix :

« On va me trouver ridicule, ce n'est pas un endroit pour un sermon. »

Mais la voix en lui insistait : il devait prendre la parole.

« Je suis timide, je vous en prie, ne me demandez pas cela », implora-t-il.

L'impulsion intérieure persistait.

Alors il se rappela sa promesse : accepter tous les desseins du Christ. Il se leva, mourant de honte, et commença à parler de l'Évangile. Tous l'écoutèrent en silence. Il observait chacun des passagers, et rares étaient ceux qui détournaient le regard. Il dit tout ce qu'il ressentit, termina son sermon et retourna s'asseoir.

Il ne sait toujours pas aujourd'hui quelle mission il a accompli ce jour-là. Mais il a la certitude absolue d'avoir accompli une mission.

Un sorcier africain conduit son apprenti dans la forêt. En dépit de son âge, il marche avec agilité, tandis que l'apprenti glisse et tombe à tout instant. Celui-ci blasphème, se relève, crache sur le sol qui le trahit, mais continue à suivre son maître.

Après avoir longtemps marché, ils arrivent dans un lieu sacré. Sans même s'arrêter, le sorcier fait demi-tour et reprend la route en sens inverse.

« Vous ne m'avez rien enseigné, aujourd'hui, objecte l'apprenti, après une nouvelle chute.

— Je vous ai enseigné quelque chose, mais on dirait que vous n'apprenez rien, réplique le sorcier. J'essaie de vous enseigner comment on traite les erreurs de la vie.

— Et comment les traite-t-on ?

— De la façon dont vous auriez dû traiter les chutes que vous avez faites. Au lieu de maudire l'endroit où vous êtes tombé, vous auriez dû chercher ce qui vous avait fait glisser. »

LE PÈRE SUPÉRIEUR du monastère de Sceta reçut un après-midi la visite d'un ermite.

« Mon conseiller spirituel ne sait comment me diriger, déclara le nouveau venu. Dois-je le quitter ? »

Le père supérieur ne répondit mot et l'ermite retourna dans le désert. Une semaine plus tard, il revint.

« Mon conseiller spirituel ne sait comment me diriger, répéta-t-il. J'ai décidé de le quitter.

— Voilà des paroles sages, conclut le père supérieur. Quand un homme comprend que son âme n'est pas satisfaite, il ne demande pas de conseils, il prend les décisions adéquates pour préserver son bout de chemin dans cette vie. »

UNE JEUNE FEMME s'approche du voyageur.

« Je veux vous raconter quelque chose, lui dit-elle. J'ai toujours cru que j'avais un don de guérison, mais je n'avais pas le courage de m'en servir. Et puis, un jour, mon mari souffrait beaucoup de la jambe gauche et il n'y avait personne pour l'aider. Alors, mourant de honte, j'ai décidé de poser mes mains sur sa jambe et de demander que la douleur cesse.

« J'ai agi ainsi sans croire vraiment que je pourrais lui venir en aide, et puis je l'ai entendu prier : "Fais, Seigneur, que ma femme soit capable d'être la messagère de Ta lumière, de Ta force." Ma main est devenue très chaude et aussitôt les douleurs ont disparu.

« Plus tard, je lui ai demandé pourquoi il avait prié ainsi. Il m'a répondu que c'était pour me donner confiance. Aujourd'hui, je suis capable de guérir d'autres personnes, grâce à ces mots. »

Le philosophe Aristippe courtisait les puissants à la cour de Denys, tyran de Syracuse.

Un après-midi, il rencontra Diogène en train de se préparer un modeste plat de lentilles.

« Si tu complimentais Denys, tu ne serais pas obligé de manger des lentilles, remarqua Aristippe.

— Si tu savais te contenter de manger des lentilles, tu ne serais pas obligé de complimenter Denys », répliqua Diogène.

Le maître dit :

« Il est vrai que tout a un prix, mais ce prix est relatif. Quand nous suivons nos rêves, nous pouvons donner l'impression que nous sommes misérables et malheureux. Mais ce que les autres pensent n'a aucune importance. Ce qui compte, c'est la joie dans notre cœur. »

Un homme, qui vivait en Turquie, entendit parler d'un maître habitant en Perse. Sans hésiter, il vendit tout ce qu'il possédait, prit congé de sa famille et partit en quête de la sagesse.

Après des mois de voyage, il trouva enfin la cabane où vivait le grand maître. Empli de crainte et de respect, il s'en approcha et frappa.

Le maître ouvrit la porte.

« Je viens de Turquie, lui dit l'homme. J'ai fait ce long voyage pour vous poser une seule question. »

Le vieillard le regarda, surpris :

« Très bien. Vous pouvez me poser une seule question.

— Je dois exprimer clairement ce que je vais vous demander. Puis-je poser ma question en turc ?

— Vous le pouvez, répondit le sage. Et j'ai déjà répondu à votre unique question. Ce que vous voulez savoir d'autre, demandez-le à votre cœur, il vous donnera la réponse. »

Et il referma la porte.

Le maître dit :

« La parole est pouvoir. Les mots transforment le monde et l'homme.

« Nous avons tous déjà entendu dire : "Il ne faut pas parler des bonnes choses qui nous arrivent, car l'envie des autres détruirait notre joie."

« Il n'en est rien. Les vainqueurs parlent avec fierté des miracles survenus dans leur existence. Si vous dégagez de l'énergie positive, elle attirera davantage d'énergie positive encore et elle réjouira ceux qui vous veulent vraiment du bien.

« Quant aux envieux, aux vaincus, ils ne pourront vous causer du tort que si vous leur donnez ce pouvoir.

« N'ayez pas peur. Parlez des bonnes choses de votre vie à qui veut les entendre. L'Âme du Monde a grand besoin de votre joie. »

Il ÉTAIT un roi d'Espagne qui s'enorgueillissait de son lignage, mais qui était aussi réputé pour sa cruauté envers les faibles gens. Un jour qu'il traversait en Aragon un champ avec son escorte – des années auparavant, son père était mort à cet endroit au cours d'une bataille –, il rencontra un saint homme qui remuait un énorme tas d'ossements.

« Que fais-tu ici ? lui demanda le roi.

— Honneur à Votre Majesté, répondit le saint homme. Quand j'ai appris que le roi d'Espagne arrivait, j'ai décidé de recueillir les os de votre défunt père pour vous les remettre. Mais j'ai beau chercher, je ne les trouve pas : ils sont semblables aux os des paysans, des pauvres, des mendiants et des esclaves. »

Du poète afro-américain Langston Hugues :

« Je connais les fleuves.

Je connais des fleuves vieux comme le monde, et plus anciens que le flux du sang dans les veines humaines.

Mon âme est aussi profonde que les fleuves.

Je me suis baigné dans l'Euphrate, à l'aurore de la civilisation.

J'ai fait ma cabane au bord du Congo, et ses eaux me chantaient une berceuse.

J'ai contemplé le Nil, et j'ai construit les pyramides.

J'ai entendu le chant du Mississippi quand Lincoln se rendit jusqu'à La Nouvelle-Orléans, et j'ai vu ses eaux devenir dorées lorsqu'il se faisait tard.

Mon âme est devenue aussi profonde que les fleuves. »

« Qui est le meilleur au maniement de l'épée ? demanda le guerrier.

— Allez jusqu'au champ qui s'étend près du monastère, lui répondit son maître. Il y a là un rocher. Insultez-le.

— À quoi bon ? Le rocher ne me répondra pas.

— Alors, attaquez-le avec votre épée.

— Je ne ferai pas cela non plus. Mon épée se briserait, et, si je l'attaquais à mains nues, je me blesserais les doigts pour rien. Ma question était tout autre : qui est le meilleur au maniement de l'épée ?

— Le meilleur est semblable au rocher, répondit le maître. Sans même dégainer sa lame, il montre que nul ne parviendra à le vaincre. »

Le voyageur arrive à San Martin de Unx, en Navarre, un village qui tombe presque en ruine. Il finit par découvrir la femme qui garde la clef de la belle église romane. Très gentiment, elle gravit avec lui les ruelles étroites et lui ouvre la porte.

Le voyageur est ému par l'obscurité et le silence du temple médiéval. Il bavarde un peu avec la femme et, à un moment, il lui fait remarquer que, bien qu'il soit midi, on ne distingue pas grand-chose des splendides œuvres d'art que renferme l'église.

« On ne voit bien les détails qu'au lever du jour, lui explique-t-elle. La légende veut que ce soit précisément cela que voulaient nous enseigner les bâtisseurs de cette église : Dieu choisit toujours une heure précise pour nous montrer Sa gloire. »

L<small>E MAÎTRE DIT</small> :

« Il y a deux dieux. Le dieu que nous ont enseigné nos professeurs, et le Dieu qui nous prodigue Ses enseignements. Le dieu dont les gens
ont coutume de parler, et le Dieu qui nous parle.
Le dieu que nous apprenons à craindre, et le
Dieu qui nous parle de miséricorde.

« Il y a deux dieux. Le dieu qui est au plus
haut des cieux, et le Dieu qui participe à notre
vie quotidienne. Le dieu qui nous fait payer, et
le Dieu qui efface nos dettes. Le dieu qui nous
menace des châtiments de l'Enfer, et le Dieu qui
nous montre le meilleur chemin.

« Il y a deux dieux. Le dieu qui nous écrase
sous le poids de nos fautes, et le Dieu qui nous
libère par Son amour. »

Un jour, on demanda au sculpteur Michel-Ange comment il faisait pour créer des œuvres aussi magnifiques.

« C'est très simple, répondit-il. Quand je regarde un bloc de marbre, je vois la sculpture qui est à l'intérieur. Il ne me reste qu'à retirer ce qui est en trop. »

Le maître dit :

« Chacun de nous est destiné à créer une œuvre d'art. Elle est le centre de notre vie et, malgré toutes nos tentatives pour nous le cacher, nous savons à quel point elle conditionne notre bonheur. En général, cette œuvre d'art est enfouie sous des années de crainte, de culpabilité et d'indécision. Mais si nous décidons de retirer cette gangue, si nous ne doutons pas de nos capacités, nous pouvons mener à bien la mission qui nous a été assignée. C'est la seule manière de vivre honorablement. »

UN VIEILLARD sur le point de mourir appelle auprès de lui un jeune homme et lui raconte une histoire héroïque : au cours d'une guerre, il a aidé un homme à s'enfuir, lui donnant abri, nourriture et protection. Mais alors qu'ils arrivaient en lieu sûr, l'autre a décidé de le trahir et l'a livré à l'ennemi.

« Et comment vous êtes-vous échappé ? demande le jeune homme.

— Je ne me suis pas échappé, je suis l'autre, celui qui a trahi, avoue le vieillard. Mais lorsque je raconte cette histoire comme si j'en étais le héros, je comprends mieux tout ce qu'il a fait pour moi. »

LE MAÎTRE DIT :

« Nous avons tous besoin d'amour. L'amour fait partie de la nature humaine, autant que manger, boire et dormir. Il nous arrive de nous asseoir, seuls, devant un beau coucher de soleil et de penser : "Toute cette beauté n'a aucune importance, puisque je n'ai personne avec qui la partager."

« Il faudrait alors nous demander combien de fois, alors qu'on nous réclamait de l'amour, nous avons détourné la tête. Combien de fois nous avons eu peur de nous approcher de quelqu'un et de lui avouer sans façon que nous étions amoureux.

« Gare à la solitude. Telles les drogues les plus dangereuses, elle crée une dépendance. Si le coucher de soleil semble ne plus avoir de sens pour vous, faites preuve d'humilité et allez chercher de l'amour. Sachez que, là comme pour d'autres biens spirituels, plus vous serez disposé à donner, plus vous recevrez en retour. »

Un missionnaire espagnol qui visitait une île rencontra trois prêtres aztèques.

« Comment priez-vous ? leur demanda-t-il.

— Nous n'avons qu'une seule prière, répondit l'un des Aztèques. Nous disons : "Dieu, Tu es trois, et nous sommes trois. Aie pitié de nous."

— Je vais vous enseigner une prière que Dieu entendra », proposa le missionnaire.

Et il leur apprit une prière catholique, avant de poursuivre sa route.

Quelques années plus tard, peu avant de retourner en Espagne, il transita de nouveau par cette île. Tandis que la caravelle approchait des côtes, le missionnaire vit les trois prêtres marchant sur les eaux.

« Mon père, mon père ! s'écria l'un d'eux. S'il vous plaît, enseignez-nous encore la prière que Dieu entend, parce que nous ne nous en souvenons plus.

— Cela n'a aucune importance », répondit le prêtre, qui avait assisté au miracle.

Et il demanda pardon à Dieu de ne pas avoir compris qu'Il parlait toutes les langues.

Saint Jean de la Croix nous enseigne que, sur notre chemin spirituel, nous ne devons pas chercher des visions, ni suivre les déclarations de ceux qui sont déjà passés par là. Seule notre foi doit nous soutenir, parce que la foi est limpide, transparente ; elle naît en nous et ne peut être confondue.

Un écrivain, qui bavardait avec un prêtre, lui demanda ce qu'était l'expérience de Dieu.

« Je l'ignore, répondit le prêtre. La seule expérience que je connaisse jusqu'à présent est celle de ma foi en Dieu. »

C'est cela, le plus important.

Le maître dit :

« Le pardon est une route à double sens. Chaque fois que nous pardonnons à quelqu'un, nous nous pardonnons aussi à nous-mêmes. Si nous sommes tolérants envers les autres, il nous est plus facile d'accepter nos propres erreurs. Ainsi, sans culpabilité et sans amertume, nous parvenons à améliorer notre approche de la vie.

« Lorsque, par faiblesse, nous laissons la haine, l'envie et l'intolérance vibrer autour de nous, nous risquons d'être consumés par ces vibrations.

« Pierre demanda au Christ : "Maître, dois-je pardonner sept fois à mon prochain ?" Et le Christ lui répondit : "Pas seulement sept, mais soixante-dix fois."

« L'acte du pardon nettoie le plan astral et nous montre la véritable lumière de la Divinité. »

L<small>E MAÎTRE DIT</small> :

« Les maîtres avaient coutume jadis de créer des "personnages" pour aider leurs disciples à saisir l'aspect le plus sombre de leur personnalité. Nombre de ces histoires sont devenues de célèbres contes de fées.

« Le procédé est simple : il vous suffit de placer toutes vos angoisses, vos peurs, vos déceptions dans un être invisible qui se tient à votre gauche. Il tient le rôle du "vilain" de votre existence, vous suggérant sans cesse des attitudes que vous rejetez, mais que vous finissez par adopter. Une fois créé ce personnage, il est bien plus facile de ne pas suivre ses conseils.

« C'est extrêmement simple. C'est pourquoi cela fonctionne très bien. »

« Comment savoir quelle est la meilleure manière d'agir dans la vie ? » demanda le disciple à son maître.

Le maître lui suggéra de fabriquer une table. Quand la table fut quasi prête – il ne restait plus qu'à planter les clous dans le plateau –, le maître s'approcha. Le disciple plantait les clous en trois coups précis mais, le dernier clou résistant davantage, il dut donner un coup supplémentaire. Le clou s'enfonça trop profondément, et le bois fut abîmé.

« Votre main était habituée à trois coups de marteau, fit remarquer le maître. Lorsqu'une action est dirigée par l'habitude, elle perd son sens, et cela finit par causer des dommages.

« Chaque action est unique, et le seul secret à connaître est le suivant : ne laissez jamais l'habitude commander vos actes. »

Non loin de la ville de Soria, en Espagne, se trouve un vieil ermitage creusé dans le rocher, où vit depuis des années un homme qui a tout abandonné pour se consacrer à la contemplation.

Un après-midi d'automne, le voyageur lui rend visite. Il est reçu selon les règles de l'hospitalité.

Après avoir partagé son morceau de pain, l'ermite lui propose de l'accompagner jusqu'à un ruisseau voisin pour cueillir quelques champignons comestibles.

Sur le chemin, un jeune garçon s'approche d'eux :

« Saint homme, j'ai entendu dire que, pour atteindre l'illumination, nous ne devions pas manger de viande. Est-ce vrai ?

— Accepte avec joie tout ce que la vie t'offre, répond l'ermite. Tu ne pécheras pas contre l'Esprit, mais tu ne blasphémeras pas non plus contre la générosité de la terre. »

L<small>E MAÎTRE DIT</small> :

« Si vous traversez une passe très difficile, écoutez votre cœur. Tâchez d'être aussi honnête que possible avec vous-même, assurez-vous que vous suivez vraiment votre chemin en payant le prix de vos rêves.

« Si, malgré tout, vous êtes toujours malmené par la vie, il arrivera un moment où vous devrez vous plaindre. Faites-le avec respect, comme un enfant se plaint auprès de ses parents ; ne manquez pas de réclamer un peu plus d'aide et d'attention. Dieu est un père et une mère à la fois, et les parents attendent toujours le meilleur de leurs enfants. Il se peut que l'apprentissage soit trop rude, et il ne coûte rien de réclamer un répit et de l'affection.

« Mais n'exagérez jamais. Job a protesté au bon moment, et ses biens lui ont été rendus. Al Afid a pris l'habitude de se plaindre de tout, et Dieu a cessé de l'écouter. »

Les fêtes de Valence, en Espagne, comportent un étrange rituel, élaboré autrefois dans la corporation des charpentiers.

Tout au long de l'année, artisans et artistes construisent de gigantesques sculptures en bois. Puis, durant la semaine des festivités, ils les disposent au centre de la place principale. Les gens passent devant, discutent, émerveillés, émus par toute cette créativité. Le jour de la Saint-Joseph, toutes ces œuvres d'art, sauf une, sont brûlées sur un énorme bûcher, devant des milliers de curieux.

« Pourquoi tant de travail pour rien ? » demanda une Anglaise, tandis que les flammes immenses s'élevaient vers le ciel.

« Vous aussi, votre fin viendra un jour, lui répondit une Espagnole. Vous êtes-vous déjà dit qu'à cet instant un ange demanderait à Dieu : "Pourquoi tant de travail pour rien ?" »

Un homme fort pieux se trouva soudain privé de toutes ses richesses. Sachant que Dieu pouvait lui venir en aide en toutes circonstances, il se mit à prier : « Seigneur, faites que je gagne à la loterie. »

Pendant des années, il pria et demeura pauvre.

Finalement, le jour de sa mort, comme il était très pieux, il monta tout droit au ciel. Quand il y arriva, il refusa d'entrer, déclarant qu'il avait eu beau appliquer toute sa vie les préceptes religieux qu'on lui avait enseignés, Dieu ne lui avait jamais permis de gagner à la loterie.

« Tout ce que Vous m'avez promis, Seigneur, n'était que des mensonges, protesta l'homme, révolté.

— J'ai toujours été prêt à vous aider à gagner, répliqua le Seigneur. Mais vous n'avez jamais acheté un billet de loterie. »

Un vieux sage chinois se promenait dans la campagne enneigée quand il aperçut une femme en larmes.

« Pourquoi pleures-tu ? lui demanda-t-il.

— Parce que je me souviens du passé, de ma jeunesse, de la beauté que me renvoyait le miroir, des hommes que j'ai aimés. Dieu a eu la cruauté de me donner la mémoire. Il savait que je me rappellerais le printemps de ma vie et que je pleurerais. »

Le sage contempla la campagne enneigée, le regard fixé sur un point déterminé. À un moment, la femme cessa de se lamenter :

« Que regardez-vous là-bas ? demanda-t-elle.

— Un champ de roses, répondit le sage. Dieu a été généreux avec moi en me donnant la mémoire. Il savait qu'en hiver je pourrais toujours me rappeler le printemps, et sourire. »

LE MAÎTRE DIT :

« La Légende Personnelle n'est pas aussi simple qu'il y paraît. La vivre peut constituer une activité dangereuse. Lorsque nous voulons quelque chose, nous mettons en mouvement des énergies puissantes, et nous ne pouvons plus nous cacher à nous-mêmes le véritable sens de notre vie. Lorsque nous désirons quelque chose, nous faisons un choix et nous en payons le prix.

« Poursuivre un rêve a un prix. Cela peut impliquer que nous abandonnions nos vieilles habitudes, cela peut entraîner pour nous des difficultés, des déceptions.

« Toutefois, quel que soit ce prix, il ne sera jamais aussi élevé que celui que payeront ceux qui n'ont pas vécu leur Légende Personnelle. Un jour, ceux-là regarderont en arrière, ils verront tout ce qu'ils ont fait, et ils entendront leur cœur dire : "J'ai gaspillé ma vie."

« Croyez-moi, c'est l'une des pires phrases que l'on puisse entendre. »

Dans l'un de ses livres, Castañeda raconte qu'un jour son maître lui fit mettre sa ceinture en sens inverse de celui auquel il était habitué.

Castañeda s'exécuta, certain d'acquérir ainsi un puissant instrument de pouvoir.

Quelques mois plus tard, il expliqua à son maître que, grâce à cette pratique, il apprenait plus rapidement qu'auparavant.

« J'ai transformé l'énergie négative en énergie positive », lui dit-il.

Le maître éclata de rire :

« Les ceintures n'ont jamais transformé l'énergie ! Je vous ai fait faire cela afin que, chaque fois que vous enfilez votre pantalon, vous vous souveniez que vous faites l'apprentissage de la magie. C'est la conscience de l'apprentissage qui vous a fait progresser, non la ceinture. »

Un maître avait des centaines de disciples. Tous priaient à l'heure dite, sauf un, qui était ivre en permanence.

Le jour où il sentit sa mort proche, le maître appela l'ivrogne et lui transmit ses connaissances occultes. Les autres disciples se rebellèrent :

« Quelle honte ! Nous nous sommes sacrifiés pour un maître extravagant et incapable de reconnaître nos qualités. »

Le maître dit :

« Je devais révéler ces secrets à un homme que je connaisse bien. Chez ceux qui semblent très vertueux se cachent en général la vanité, l'orgueil, l'intolérance. C'est pourquoi j'ai choisi le seul disciple dont le défaut était visible : l'ivrognerie. »

Le prêtre cistercien Marcos Garcia dit :

« Dieu nous prive parfois d'une bénédiction afin que nous puissions L'appréhender en dehors des demandes et des faveurs. Il sait jusqu'à quel point Il peut mettre une âme à l'épreuve et n'outrepasse jamais cette limite.

« Dans ces moments-là, gardons-nous de dire : "Dieu m'a abandonné." C'est plutôt nous qui, parfois, L'abandonnons. Si le Seigneur nous impose une grande épreuve, Il nous donne aussi pour la surmonter les grâces suffisantes – je dirais même : plus que suffisantes.

« Lorsque nous nous sentons loin de Sa présence, c'est à nous de nous demander si nous savons vraiment profiter de ce qu'Il a placé sur notre chemin. »

Il nous arrive de passer des jours, voire des semaines entières, sans recevoir un geste d'affection de notre prochain. Durant ces périodes difficiles, toute chaleur humaine s'évanouit et la vie se résume à un rude effort de survie.

Le maître dit :

« Il nous faut alors examiner notre cheminée, y remettre du bois et tenter d'éclairer la pièce sombre que devient notre existence. Quand nous entendrons crépiter notre feu, les bûches craquer, les flammes conter des histoires, l'espoir nous sera rendu.

« Si nous sommes capables d'aimer, nous serons aussi capables d'être aimés. Ce n'est qu'une question de temps. »

Au cours d'un dîner, quelqu'un brisa un verre. « C'est signe de chance », entendit-on. Autour de la table, tous les invités connaissaient cette coutume.

« Pourquoi est-ce un signe de chance ? interrogea un rabbin qui faisait partie des convives.

— Je l'ignore, répondit la femme du voyageur. Peut-être est-ce ce que l'on disait autrefois pour que l'invité ne se sente pas mal à l'aise.

— Cette explication n'est pas la bonne, rétorqua le rabbin. Certaines traditions judaïques veulent que chaque homme dispose d'un capital de chance, dont il use au cours de sa vie. Il peut faire en sorte que ce capital fructifie s'il l'utilise uniquement à des fins vraiment nécessaires, ou bien il peut le gaspiller en vain. Nous, les juifs, nous disons aussi "bonne chance" quand quelqu'un casse un verre. Mais cela signifie : "Tant mieux, vous n'avez pas dilapidé votre chance en cherchant à éviter que ce verre ne se brise. Ainsi, vous pourrez l'utiliser pour des choses plus importantes." »

L'ABBÉ ABRAHAM apprit que, non loin du monastère de Sceta, vivait un ermite qui avait la réputation d'être un sage. Il alla lui rendre visite et lui demanda :

« Si aujourd'hui vous trouviez une belle femme dans votre lit, parviendriez-vous à vous convaincre que ce n'est pas une femme ?

— Non, répondit le sage, mais je parviendrais à me retenir. »

L'abbé poursuivit :

« Et si vous voyiez des pièces d'or dans le désert, pourriez-vous regarder cet or comme si c'était des cailloux ?

— Non, dit le sage, mais j'arriverais à me contrôler pour ne pas m'en emparer. »

L'abbé Abraham insista :

« Et si deux frères venaient vous voir, l'un vous haïssant et l'autre vous aimant, réussiriez-vous à les traiter avec équité ? »

Le sage répondit :

« Je souffrirais sans doute intérieurement, mais je traiterais celui qui m'aime de la même manière que celui qui me déteste. »

Plus tard, l'abbé dit à ses novices : « Je vais vous expliquer ce qu'est un sage. C'est un homme qui, au lieu d'annihiler ses passions, parvient à les contenir. »

W. Frasier a écrit toute sa vie sur la conquête de l'Ouest américain. Fier de montrer sur son curriculum vitae qu'il était l'auteur du scénario d'un film dont la vedette était Gary Cooper, il raconte qu'il n'a réussi que très rarement à se fâcher avec quelqu'un.

« J'ai beaucoup appris des pionniers, dit-il. Ils combattaient les Indiens, traversaient les déserts, cherchaient de l'eau et de la nourriture dans des régions éloignées de tout.

« Dans tous les textes de l'époque, on remarque un fait étrange : les pionniers ne consignaient que les événements heureux. Plutôt que de se plaindre, ils composaient des chansons et plaisantaient de leurs difficultés. Ainsi parvenaient-ils à tenir à distance le découragement et la dépression.

« Et aujourd'hui, à l'âge de quatre-vingt-huit ans, je m'efforce d'en faire autant. »

CE TEXTE est une adaptation d'un poème de John Muir :

« Je veux libérer mon âme afin qu'elle puisse jouir de tous les dons que possèdent les esprits.

Lorsque ce sera possible, je ne tenterai pas de connaître les cratères de la Lune, ni de suivre jusqu'à leur source les rayons du Soleil.

Je ne tenterai pas de comprendre la beauté de l'étoile, ni la désolation artificielle de l'être humain.

Lorsque je saurai comment libérer mon âme, je suivrai l'aurore et je remonterai le temps avec elle.

Lorsque je saurai libérer mon âme, je plongerai dans les courants magnétiques qui se jettent dans un océan où toutes les eaux se rencontrent pour former l'Âme du Monde.

Lorsque je saurai libérer mon âme, j'essayerai de lire depuis le début la page splendide de la Création. »

Lʼun des symboles consacrés par le christianisme est la figure du pélican. L'explication en est simple : quand il n'y a plus rien à manger, le pélican plonge son bec dans sa propre chair pour l'offrir à ses petits.

Le maître dit :

« Souvent, nous sommes incapables de comprendre les bénédictions que nous recevons. Nous ne percevons pas ce qu'Il fait pour nous assurer notre nourriture spirituelle.

« Une histoire raconte que, par un hiver rigoureux, un pélican, offrant sa propre chair à ses enfants, réussit à survivre durant quelques jours à son sacrifice. Lorsque enfin il mourut, l'un des petits dit à l'autre : "Tant mieux. J'en avais assez de manger tous les jours la même chose." »

Sɪ QUELQUE CHOSE vous laisse insatisfait – même si c'est ce que vous aspiriez à réaliser, sans y parvenir –, arrêtez-vous sur-le-champ.

Lorsque les choses ne marchent pas, il n'y a que deux explications : ou bien votre persévérance est mise à l'épreuve, ou bien vous devez changer de cap.

Pour découvrir quelle option est la bonne, recourez au silence et à la prière. Peu à peu, tout s'éclaircira de façon mystérieuse, jusqu'au moment où vous aurez la force de choisir.

Une fois votre décision prise, oubliez totalement l'hypothèse que vous n'avez pas retenue. Et allez de l'avant, parce que Dieu est le Dieu des Vaillants.

Domingos Sabino a dit : « Tout finit toujours bien. Si les choses ne marchent pas convenablement, c'est que vous n'êtes pas encore arrivé à la fin. »

ALORS QU'IL SE TROUVAIT à Bahia, le compositeur Nelson Motta décida de rendre visite à Mãe Menininha do Gantois[1]. Il prit un taxi, mais en chemin les freins de la voiture lâchèrent et elle se mit à tournoyer à toute vitesse au milieu de la route. Heureusement, il en fut quitte pour la peur.

Lorsque Nelson rencontra Mãe Menininha, il s'empressa de lui raconter cet accident évité de justesse.

« Certaines choses sont déjà écrites, mais Dieu se débrouille pour que nous les vivions sans trop de problèmes. Cela signifie qu'un accident de voiture faisait partie de votre destin à ce stade de votre vie, dit Mãe Menininha. Toutefois, comme vous le voyez, conclut-elle, tout est arrivé, et il ne s'est rien passé. »

---

1. Figure célèbre du candomblé de Bahia. *(N.d.T.)*

« Il manquait un élément dans votre causerie sur le chemin de Saint-Jacques », dit au voyageur, à la sortie d'une conférence, une femme qui avait fait le pèlerinage. « J'ai remarqué que la plupart des pèlerins – que ce soit sur le chemin de Saint-Jacques ou sur les chemins de l'existence – s'efforcent de suivre le rythme des autres. Au début du pèlerinage, j'essayais moi aussi de marcher au même pas que mon groupe. Je me fatiguais, j'exigeais de mon corps plus qu'il ne pouvait donner, j'étais tendue, et finalement j'ai eu des problèmes de tendons au pied gauche. Immobilisée pendant deux jours, j'ai compris que je n'arriverais à Saint-Jacques que si je suivais mon propre rythme.

« J'ai mis plus de temps que les autres, j'ai dû marcher seule très souvent, mais j'ai pu aller jusqu'au bout uniquement parce que j'ai respecté mon rythme. Désormais, j'applique cette leçon à tout ce que je dois faire. »

CRÉSUS, ROI DE LYDIE, avait pris la décision d'attaquer les Perses, mais il voulut auparavant consulter un oracle grec.

« Votre destin est de détruire un grand empire », lui annonça ce dernier.

Satisfait, Crésus déclara la guerre. Après deux jours de combats, la Lydie fut envahie par les Perses, sa capitale saccagée, et Crésus fait prisonnier. Révolté, il chargea son ambassadeur en Grèce de retourner voir l'oracle pour lui dire qu'il les avait trompés.

« Non, vous n'avez pas été trompés, répliqua celui-ci. Vous avez effectivement détruit un grand empire : la Lydie. »

Le maître dit :

« Le langage des signes est là pour nous enseigner la meilleure manière d'agir. Mais, très souvent, nous en déformons le sens pour qu'ils concordent avec ce que nous avons l'intention de faire. »

Buscaglia raconte l'histoire du quatrième Roi mage. Lui aussi avait vu l'étoile briller au-dessus de Bethléem, mais il arrivait toujours trop tard sur les traces de Jésus car les pauvres et les miséreux l'arrêtaient sans cesse pour implorer son aide.

Au bout de trente ans, après avoir marché sur les pas de Jésus à travers l'Égypte, la Galilée, puis à Béthanie, le Roi mage entre à Jérusalem ; mais l'enfant est devenu un homme, et l'on est en train de le crucifier. Le Roi mage, qui avait acheté des perles pour les offrir au Christ, a dû les vendre presque toutes afin de porter assistance à ceux qu'il a rencontrés en chemin. Il ne lui en reste qu'une, mais le Sauveur est déjà mort.

« J'ai échoué dans ma mission », songe-t-il.

Et, à cet instant, il entend une voix :

« Contrairement à ce que tu penses, tu m'as rencontré toute ta vie. J'étais nu, et tu m'as vêtu. J'avais faim, et tu m'as donné à manger. J'étais prisonnier, et tu m'as rendu visite. J'étais dans tous les pauvres que tu as croisés sur ta route. Merci pour tous ces présents d'amour. »

Une histoire de science-fiction met en scène une société dans laquelle presque tous les individus naissent prêts à remplir une fonction – technicien, ingénieur ou mécanicien... Seuls quelques-uns n'ont à la naissance aucune compétence ; on les envoie dans un asile de fous, puisque seuls les fous sont incapables d'apporter la moindre contribution à la société.

Un jour, l'un de ces fous se rebelle. L'asile disposant d'une bibliothèque, il s'efforce d'acquérir toutes sortes de connaissances en matière de science et d'art. Lorsqu'il pense en savoir assez, il décide de s'enfuir, mais on le rattrape et on l'envoie dans un centre d'études en dehors de la ville.

« Soyez le bienvenu, lui dit alors l'un des responsables du centre. Ceux qui ont été forcés de découvrir leur propre chemin sont justement ceux que nous admirons le plus. À partir de maintenant, vous pouvez faire ce que vous voudrez, car c'est grâce à des gens comme vous que le monde peut avancer. »

Avant de partir pour un long voyage, un commerçant alla prendre congé de sa femme.

« Tu ne m'as jamais offert les cadeaux que j'aurais mérités, lui reprocha-t-elle.

— Femme ingrate, tout ce que je t'ai donné m'a coûté des années de travail, rétorqua-t-il. Que pourrais-je te donner de plus ?

— Un objet aussi beau que moi. »

Pendant deux ans, la femme attendit son cadeau. Enfin, le commerçant revint.

« J'ai pleuré sur ton ingratitude, mais j'ai décidé de réaliser ton désir, lui dit-il. Je me suis demandé tout ce temps quel cadeau pourrait être aussi beau que toi, et je l'ai enfin trouvé. »

Et il lui tendit un petit miroir.

LE PHILOSOPHE allemand Friedrich Nietzsche a dit un jour :

« Il est vain de peser sans cesse le pour et le contre ; se tromper de temps à autre fait partie de la condition humaine. »

Le maître dit :

« Il y a des gens qui mettent leur point d'honneur à avoir raison jusque dans les moindres détails. Nous-mêmes, très souvent, nous ne nous permettons pas de commettre une erreur. Tout ce que l'on obtient par cette attitude, c'est la crainte d'aller de l'avant.

« La peur de se tromper est la porte qui nous enferme dans le château de la médiocrité. Si nous parvenons à la vaincre, nous faisons un pas décisif vers notre liberté. »

UN NOVICE demanda à l'abbé Nisteros, au monastère de Sceta :

« Que dois-je faire pour plaire à Dieu ? »

Il reçut cette réponse :

« Abraham acceptait les étrangers, et Dieu fut content. Élie n'aimait pas les étrangers, et Dieu fut content. David était fier de ses actes, et Dieu fut content. Le publicain devant l'autel avait honte de ses actes, et Dieu fut content. Jean-Baptiste se retira au désert, et Dieu fut content. Jonas se rendit dans la grande cité de Ninive, et Dieu fut content.

« Demandez à votre âme ce qu'elle souhaite. Que votre âme soit en accord avec vos rêves, voilà ce qui plaît à Dieu. »

UN MAÎTRE BOUDDHISTE VOYAGEAIT à pied avec ses disciples quand il s'aperçut que ceux-ci débattaient pour savoir lequel d'entre eux était le meilleur.

« Je pratique la méditation depuis quinze ans, disait l'un.

— Je fais la charité depuis que j'ai quitté la maison de mes parents, renchérissait un autre.

— J'ai toujours suivi les enseignements du Bouddha », affirmait un troisième.

À midi, ils firent halte sous un pommier pour se reposer. Les branches de l'arbre ployaient sous le poids des fruits.

Alors le maître prit la parole :

« Quand un arbre est chargé de fruits, ses branches ploient et touchent le sol. De même, le véritable sage est humble.

« Quand un arbre n'a pas de fruits, ses branches se dressent, arrogantes et hautaines. De même, l'imbécile se croit toujours meilleur que son prochain. »

Au cours de la Cène, Jésus accusa, avec la même gravité et dans la même phrase, deux de ses apôtres. L'un et l'autre commettraient les crimes qu'Il avait prévus.

Judas l'Iscariote reconnut sa faute et se condamna. Pierre également reconnut sa faute, une fois qu'il eut renié par trois fois ce en quoi il croyait.

Cependant, au moment décisif, Pierre comprit la véritable signification du message de Jésus. Il demanda pardon et il poursuivit son chemin, malgré l'humiliation.

Lui aussi aurait pu choisir le suicide. Au lieu de cela, il affronta les autres apôtres et leur dit probablement quelque chose du genre : « OK, vous pouvez parler de ma faute tant que durera l'espèce humaine. Mais laissez-moi la corriger. »

Pierre avait compris que l'Amour pardonne. Judas n'avait rien compris.

Un écrivain célèbre se promenait avec un ami quand sous ses yeux un gamin traversa la rue sans voir le camion qui arrivait à toute vitesse. En une fraction de seconde, l'écrivain se jeta au-devant du véhicule et sauva l'enfant. Pourtant, avant de laisser quiconque le féliciter pour cet acte héroïque, il gifla le garçon.

« Ne te laisse pas tromper par les apparences, mon petit, lui dit-il. Je t'ai sauvé uniquement pour que tu ne puisses pas fuir les problèmes que tu rencontreras lorsque tu seras devenu adulte. »

Le maître dit :

« Quelquefois, nous avons honte de faire le bien. Notre sentiment de culpabilité nous incite à penser que, lorsque nous agissons avec générosité, nous cherchons à impressionner les autres ou à "suborner" Dieu. Il nous semble difficile d'accepter que notre nature est essentiellement bonne. Nous dissimulons nos bonnes actions sous l'ironie et l'indifférence, comme si l'amour était synonyme de faiblesse. »

Il regarda la table devant Lui, y cherchant le symbole le plus approprié de son passage sur terre. Là se trouvaient les grenades de Galilée, les épices du Sud, les fruits secs de Syrie, les dattes d'Égypte.

Il allait tendre la main afin de consacrer l'un de ces fruits quand soudain Il se rappela que le message qu'Il apportait était destiné à tous les hommes, partout dans le monde. Peut-être les grenades et les dattes n'existaient-elles pas dans certaines contrées.

Il regarda autour de Lui, et une autre idée Lui vint : dans les grenades, dans les dattes, dans les fruits, le miracle de la Création se manifestait naturellement, sans aucune intervention humaine.

Alors Il prit le pain, rendit grâce, le partagea et l'offrit à ses disciples avec ces mots : « Prenez et mangez-en tous, car ceci est Mon corps. » Parce que le pain était partout. Et que le pain, contrairement aux dattes, aux grenades et aux fruits de Syrie, était le meilleur symbole du chemin menant à Dieu.

Le pain était le fruit de la terre et du travail de l'homme.

LE JONGLEUR s'immobilise au milieu de la place, prend trois oranges et se met à les lancer en l'air. Les gens se rassemblent autour de lui et admirent la grâce et l'élégance de ses gestes.

« La vie est plus ou moins à cette image, dit quelqu'un au voyageur. Nous tenons toujours une orange dans chaque main pendant qu'une autre est en l'air. Mais c'est cette dernière qui fait la différence. Elle a beau avoir été lancée avec habileté et expérience, elle suit son propre parcours. »

Tel le jongleur, nous lançons un rêve dans le monde, et nous ne le contrôlons pas toujours. Dans ces moments-là, nous devons savoir nous en remettre à Dieu, Lui demander que ce rêve accomplisse avec dignité son chemin et, au bon moment, retombe réalisé entre nos mains.

L'UN DES EXERCICES de développement person-
nel les plus efficaces consiste à prêter attention
aux gestes que nous faisons machinalement
– par exemple, respirer, cligner des yeux, remarquer les objets qui nous entourent.

Ce faisant, nous permettons à notre cerveau
de travailler plus librement, sans l'interférence
de nos désirs. Certains problèmes qui parais-
saient insolubles finissent par se résoudre,
certaines difficultés que nous pensions insur-
montables finissent par se dissiper sans effort.

Le maître dit :

« Lorsque vous devez affronter une situation
délicate, efforcez-vous de recourir à cette technique. Elle exige un peu de discipline, mais les
résultats peuvent se révéler surprenants. »

Un individu vend des vases au marché.

Une femme s'approche et observe la marchandise. Certains vases ne portent aucune décoration, d'autres sont ornés de dessins réalisés avec soin.

La femme demande combien ils coûtent. À son grand étonnement, elle apprend qu'ils ont tous le même prix.

« Comment un vase décoré peut-il coûter autant qu'un autre plus simple ? demande-t-elle. Pourquoi réclamer la même somme pour un vase dont la fabrication a nécessité plus de temps et d'efforts ?

— Je suis un artiste, lui répond le vendeur. Je peux donner un prix au vase que j'ai fabriqué, mais pas à la beauté. La beauté est gratuite. »

LE VOYAGEUR, qui venait d'assister à la messe, était assis, tout seul. Soudain, un ami l'aborda : « J'ai grand besoin de vous parler. »

Le voyageur vit dans cette rencontre un signe, et il en fut si enthousiasmé qu'il se mit à parler de tout ce qu'il jugeait important : les bénédictions de Dieu, l'amour – et il expliqua à son ami qu'il était un signe envoyé par son ange, puisque quelques instants auparavant il se sentait seul alors qu'à présent il avait de la compagnie.

L'ami l'écouta en silence, le remercia, puis s'en alla.

Le voyageur perdit alors sa joie et se sentit plus solitaire que jamais. Plus tard, il se rendit compte que, dans son enthousiasme, il n'avait prêté aucune attention à la demande de son ami.

Il baissa les yeux au sol et il vit ses mots jetés au beau milieu de la rue, parce que l'univers, à ce moment-là, souhaitait autre chose.

Trois fées étaient invitées au baptême d'un prince. La première lui offrit le don de rencontrer l'amour. La deuxième, la fortune pour réaliser ses souhaits. La troisième, la beauté. Puis, comme dans tous les contes pour enfants, apparut la sorcière. Furieuse de n'avoir pas été invitée, elle jeta au prince un mauvais sort :

« Puisque tu as déjà tout, je vais te donner plus encore : tu seras talentueux dans tout ce que tu entreprendras. »

Le prince grandit et devint beau, riche et amoureux. Mais il ne parvint pas à accomplir sa mission sur la terre. Excellent peintre, sculpteur, écrivain, musicien, mathématicien, il ne réussissait jamais à terminer une tâche car, très vite distrait, il voulait aussitôt en entreprendre une autre.

Le maître dit :

« Tous les chemins mènent au même endroit. Mais choisissez le vôtre, et allez jusqu'au bout. N'essayez pas de parcourir tous les chemins. »

Un texte anonyme du XVIIIᵉ siècle évoque un moine russe qui était à la recherche d'un guide spirituel. Apprenant un jour l'existence d'un ermite qui se consacrait nuit et jour au salut de son âme, il alla trouver le saint homme.

« Je veux que vous me guidiez sur les chemins de l'âme, lui dit le moine.

— L'âme a son propre chemin, et c'est l'ange qui la guide, repartit l'ermite. Priez sans arrêt.

— Je ne sais pas prier de cette manière. Je veux que vous m'appreniez.

— Si vous ne savez pas prier sans arrêt, alors priez Dieu pour qu'Il vous apprenne à le faire.

— Mais vous ne m'enseignez rien ! s'exclama le moine.

— Il n'y a rien à enseigner, on ne peut pas transmettre la foi comme on transmet des connaissances en mathématiques. Acceptez le mystère de la foi, et l'univers vous sera révélé. »

Aɴᴛᴏɴɪᴏ Mᴀᴄʜᴀᴅᴏ dit :
« Coup par coup, pas à pas,
Voyageur, il n'y a pas de chemin,
le chemin se fait en marchant.
Le chemin se fait en marchant
et si l'on regarde en arrière
on voit le sentier que jamais
on ne foulera de nouveau.
Voyageur, il n'est pas de chemin,
le chemin se fait en marchant. »

L E MAÎTRE DIT :

« Écrivez ! Une lettre, un journal ou jetez quelques notes sur le papier en parlant au téléphone, mais écrivez ! Écrire nous rapproche de Dieu et de notre prochain. Si vous voulez mieux comprendre votre rôle en ce monde, écrivez.

« Efforcez-vous de mettre votre âme par écrit, même si personne ne vous lit – ou, pis, même si quelqu'un finit par lire ce que vous vouliez garder secret. Le simple fait d'écrire nous aide à organiser notre pensée et à discerner clairement ce qui se trouve autour de nous. Un papier et un stylo opèrent des miracles – ils soignent les douleurs, réalisent les rêves, restituent l'espoir perdu.

« Les mots ont un pouvoir. »

LES PÈRES DU DÉSERT affirmaient qu'il fallait laisser agir la main des anges. C'est pourquoi, de temps à autre, ils se livraient à des actes absurdes – par exemple, parler aux fleurs ou rire sans raison. Les alchimistes suivent les « signes de Dieu », des pistes souvent dépourvues de sens mais qui finissent par mener quelque part.

Le maître dit :

« N'ayez pas peur que l'on vous traite de fou. Faites aujourd'hui une action qui n'a rien à voir avec la logique que vous avez apprise. Délaissez un peu le comportement sérieux que l'on vous a inculqué. Ce geste, si dérisoire soit-il, peut vous ouvrir les portes d'une grande aventure humaine et spirituelle. »

Un individu se trouve au volant d'une luxueuse Mercedes Benz quand un pneu crève. Alors qu'il s'apprête à le changer, il constate qu'il n'a pas de cric.

« Bon, je vais marcher jusqu'à la maison la plus proche et demander si l'on peut m'en prêter un », pense-t-il. Et il s'en va chercher du secours. « Peut-être que l'autre, vu la marque de ma voiture, voudra me faire payer pour le cric, se dit-il. Avec une voiture pareille, et comme je suis en position de demandeur, il va me réclamer dix dollars. Non, peut-être même cinquante, parce qu'il sait que j'en ai besoin. Il va en profiter, il est capable d'exiger jusqu'à cent dollars. »

Et plus l'homme marche, plus le prix du cric augmente.

Lorsqu'il arrive devant la maison et que le propriétaire lui ouvre la porte, l'individu s'écrie :

« Vous êtes un voleur ! Un cric ne vaut pas ce prix-là ! Vous pouvez le garder, votre cric ! »

Lequel d'entre nous oserait affirmer qu'il ne s'est jamais comporté ainsi ?

MILTON ERICKSON a inventé une thérapie qui a déjà fait des milliers d'adeptes aux États-Unis. À l'âge de douze ans, il contracta la poliomyélite. Dix mois plus tard, il entendit un médecin dire à ses parents : « Votre fils ne passera pas la nuit. »

Erickson entendit sa mère pleurer. « Qui sait ? Si je passe la nuit, peut-être ne souffrira-t-elle pas autant », pensa-t-il. Et il décida de ne pas dormir jusqu'au lever du jour. Le lendemain matin, il cria à sa mère : « Tu vois, je suis toujours en vie ! »

La joie fut si grande dans la maison qu'il décida de tenir bon de jour en jour afin de remettre à plus tard la souffrance de ses parents.

Il mourut en 1990, à l'âge de soixante-quinze ans, laissant un ensemble d'ouvrages essentiels sur l'extrême capacité que possède l'homme de dépasser ses propres limites.

« Saint homme, dit le novice au père supérieur, mon cœur est empli d'amour et mon âme n'est pas corrompue par les tentations du Diable. Quelle est pour moi la prochaine étape ? »

L'abbé demanda à son disciple de l'accompagner dans sa visite auprès d'un malade auquel il devait donner l'extrême-onction. Après qu'ils eurent réconforté la famille, l'abbé remarqua une malle dans un recoin de la maison.

« Qu'y a-t-il dans cette malle ? demanda-t-il.

— Des vêtements que mon oncle n'a jamais portés, répondit le neveu du défunt. Il avait toujours pensé que l'occasion se présenterait de les mettre, mais ils ont fini par pourrir. »

« N'oubliez pas cette malle », dit le père supérieur à son disciple, quand ils furent sortis. « Si vous avez dans le cœur des trésors spirituels, mettez-les en pratique tout de suite, ou bien ils pourriront. »

Selon les mystiques, lorsque nous entreprenons notre chemin spirituel, nous sommes si désireux de parler à Dieu que nous n'écoutons pas ce que Lui a à nous dire.

Le maître dit :

« Détendez-vous un peu. Ce n'est pas si facile. Par nature, nous avons besoin de toujours bien faire, et nous pensons que nous y parviendrons si nous travaillons sans répit.

« Il est important de tenter, de chuter, de nous relever et de poursuivre. Mais laissons Dieu nous aider. Au milieu d'un grand effort, regardons en nous-mêmes et laissons-Le Se révéler et nous guider.

« Permettons-Lui, de temps à autre, de nous prendre sur Ses genoux. »

Un abbé du monastère de Sceta reçut un jour la visite d'un jeune homme désireux de suivre la voie spirituelle.

« Pendant une période d'un an, donnez une pièce à quiconque vous agressera », lui recommanda l'abbé.

Pendant douze mois, le garçon s'exécuta. À la fin de l'année, il retourna voir l'abbé pour connaître l'étape suivante.

« Allez en ville acheter de la nourriture pour moi », lui dit ce dernier.

Sitôt le garçon parti, l'abbé se déguisa en mendiant et, prenant un raccourci, il se rendit à la porte de la cité. Lorsqu'il vit le jeune homme s'approcher, il se mit à l'insulter.

« Formidable ! s'exclama celui-ci. Pendant toute une année, j'ai dû payer tous ceux qui m'agressaient. À présent, je peux être agressé gratuitement, sans que cela me coûte un sou ! »

Entendant cela, l'abbé ôta son déguisement.

« Vous êtes prêt pour l'étape suivante, lui dit-il, vous parvenez à rire de vos problèmes. »

LE VOYAGEUR se promenait avec deux amis dans les rues de New York lorsque soudain, au milieu d'une conversation banale, ceux-ci se mirent à se disputer, prêts à en venir aux mains.

Plus tard, lorsque les esprits furent apaisés, ils s'attablèrent dans un bar. L'un d'eux présenta ses excuses à l'autre : « J'ai remarqué qu'il était beaucoup plus facile de blesser les gens qui nous sont proches, dit-il. Si vous aviez été un étranger pour moi, je me serais contrôlé davantage. Mais justement, comme nous sommes amis et que vous me comprenez mieux que quiconque, j'ai fini par me montrer très agressif. Telle est la nature humaine. »

Telle est peut-être la nature humaine, il n'en demeure pas moins que nous devons lutter contre cette tendance.

Il y a des moments où, malgré notre désir de venir en aide à une personne en particulier, nous ne pouvons rien faire. Ou bien les circonstances ne nous permettent pas de l'approcher, ou bien la personne est fermée à tout geste de solidarité et de soutien.

Le maître dit :

« Il nous reste l'amour. Dans les moments où tout le reste est inutile, nous pouvons encore aimer, sans attendre de récompense, de changement, de remerciements.

« Si nous parvenons à agir ainsi, l'énergie de l'amour commence à transformer l'univers qui nous entoure. Lorsque cette énergie apparaît, elle fait toujours son travail. »

LE POÈTE John Keats (1795-1821) donne une belle définition de la poésie – que nous pouvons aussi entendre, si nous le voulons, comme une définition de la vie :

« La poésie doit nous surprendre par son excès délicat, et non parce qu'elle est différente. Les vers doivent toucher notre frère comme si c'étaient ses propres mots, comme s'il se souvenait de quelque chose que, dans la nuit des temps, il connaissait déjà dans son cœur.

« La beauté d'un poème n'est pas dans la capacité qu'il a de faire plaisir au lecteur. La poésie est toujours une surprise, capable de nous couper la respiration à certains moments. Elle doit demeurer dans nos vies comme le coucher de soleil : miraculeux et naturel en même temps. »

Il y a quinze ans, à une époque de profonde négation de la foi, le voyageur se trouvait avec sa femme et une amie dans un restaurant à Rio de Janeiro. Ils avaient un peu bu quand survint un ancien compagnon, avec lequel ils avaient partagé les folies des années 1960 et 1970.

« Que fais-tu à présent ? demanda le voyageur.

— Je suis prêtre », répondit l'ami.

Quand ils sortirent du restaurant, le voyageur montra du doigt un enfant qui dormait sur le trottoir.

« Tu vois comment Jésus se soucie du monde ? fit-il.

— Bien sûr que je le vois ! répondit le prêtre. Il t'a mis cet enfant sous les yeux pour s'assurer que tu le voies et que tu puisses faire quelque chose. »

Un groupe de sages juifs se réunit pour tenter d'élaborer la Constitution la plus courte du monde. Si, dans le laps de temps qu'il faut à un homme pour se tenir en équilibre sur un pied, l'un d'eux était capable de définir les lois devant régir le comportement humain, il serait considéré comme le plus grand des sages.

« Dieu punit les criminels », dit l'un.

Les autres objectèrent que ce n'était pas une loi, mais une menace ; et la phrase ne fut pas retenue.

À cet instant se présenta le rabbin Hillel. Debout sur un pied, il déclara :

« Ne fais pas à ton prochain ce que tu détesterais qu'on te fasse ; voilà la Loi. Tout le reste n'est que commentaire juridique. »

Et le rabbin Hillel fut considéré comme le plus grand sage de son temps.

L'écrivain George Bernard Shaw remarqua chez son ami le sculpteur Jacob Epstein un gros bloc de pierre.

« Qu'allez-vous faire de ce bloc ? demanda Shaw.

— Je ne sais pas encore, je suis en train d'y réfléchir. »

Shaw se montra surpris : « Cela signifie-t-il que vous planifiez votre inspiration ? Ne savez-vous pas qu'un artiste doit être libre de changer d'avis quand il le désire ?

— C'est exact quand vous n'avez, si vous changez d'avis, qu'à déchirer une feuille de papier de cinq grammes. Quand vous avez affaire à un bloc de quatre tonnes, vous devez procéder autrement », expliqua Epstein.

Le maître dit :

« Chacun de nous connaît la meilleure manière de faire son travail. Seul celui qui réalise une tâche en connaît les problèmes particuliers. »

Frère Jean pensa :

« Je voudrais ressembler aux anges, qui ne font rien et passent leur temps à contempler la gloire de Dieu. » Le soir même, il quitta le monastère de Sceta et s'en fut dans le désert.

Une semaine plus tard, il revint. Le frère portier l'entendit frapper à l'entrée et demanda qui était là.

« Je suis frère Jean, répondit-il. J'ai faim.

— Impossible, objecta le frère portier. Frère Jean se trouve dans le désert, il se change en ange. Il ne sent plus la faim, et il n'a nul besoin de travailler pour se nourrir.

— Pardonnez mon orgueil, reprit frère Jean. Les anges assistent les hommes. Tel est leur travail, c'est pourquoi ils contemplent la gloire de Dieu. Je peux contempler cette gloire tout en faisant mon labeur quotidien. »

En entendant ces paroles d'humilité, le frère ouvrit la porte du monastère.

DE TOUTES LES PUISSANTES armes de destruction que l'homme a été capable d'inventer, la plus terrible, et la plus lâche, est la parole.

Les poignards et les armes à feu laissent des traces de sang. Les bombes détruisent des édifices et des rues. Les poisons peuvent être détectés.

Le maître dit :

« La parole peut détruire sans laisser de trace. Des enfants sont conditionnés pendant des années par leurs parents, des hommes impitoyablement critiqués, des femmes systématiquement massacrées par les commentaires de leurs conjoints. Des fidèles sont maintenus loin de la religion par ceux qui se jugent capables d'interpréter la voix de Dieu.

« Veillez à ne pas utiliser cette arme. Veillez à ce qu'on n'utilise pas cette arme contre vous. »

Wiliams essaie de décrire une situation très étrange :

« Imaginez une vie de perfection. Vous êtes dans un monde parfait, avec des gens parfaits, vous avez tout ce que vous voulez, tout le monde fait tout parfaitement, au bon moment. Dans ce monde, vous avez tout ce que vous désirez exactement comme vous l'avez rêvé. Et vous pouvez vivre aussi longtemps que vous le souhaitez.

« Imaginez qu'au bout de cent ou deux cents ans vous vous asseyiez sur un banc d'une propreté immaculée dans un cadre magnifique, et que vous pensiez : "Quel ennui ! Il manque l'émotion !" À cet instant, vous voyez devant vous un bouton rouge sur lequel est écrit : "Surprise".

« Après avoir considéré tout ce que ce mot signifie, appuyez-vous sur le bouton ? Évidemment ! Alors vous entrez dans un tunnel noir, et vous en ressortez dans le monde où vous vivez en ce moment. »

Une légende du désert raconte l'histoire d'un homme sur le point de changer d'oasis, qui chargeait ses bagages sur son chameau. Il empila les tapis, les ustensiles de cuisine, les malles de vêtements, et le chameau tint bon.

Au moment de partir, l'homme se souvint d'une belle plume bleue que son père lui avait offerte. Il décida de l'emporter elle aussi et la posa sur la monture. À cet instant, l'animal s'effondra sous le poids et mourut.

« Mon chameau n'a pas supporté le poids d'une plume », a sans doute pensé l'homme.

Parfois, nous disons la même chose de notre prochain, sans comprendre que notre plaisanterie a peut-être été la goutte d'eau qui a fait déborder le vase de la souffrance.

« On s'habitue parfois tellement à ce que l'on voit dans les films que l'on en vient à oublier la véritable histoire », fait remarquer quelqu'un au voyageur, tandis qu'il contemple le port de Miami. « Vous souvenez-vous des *Dix Commandements* ?

— Bien sûr. Moïse – Charlton Heston – lève son bâton, les eaux s'écartent, et le peuple hébreu traverse la mer Rouge.

— Dans la Bible, c'est différent, dit l'autre. Là, Dieu ordonne à Moïse : "Dis aux fils d'Israël de se mettre en marche." C'est seulement une fois qu'ils ont commencé à marcher que Moïse lève son bâton et que la mer Rouge s'écarte. Parce que seul le courage sur le chemin permet au chemin de se manifester. »

Ce fragment a été écrit par le violoncelliste Pablo Casals :

« Je suis perpétuellement en train de renaître. Chaque matin est le moment de recommencer à vivre. Il y a quatre-vingts ans que je débute la journée de la même manière, et ce n'est pas une routine mécanique, mais quelque chose d'essentiel à mon bonheur.

« Je me réveille, je me mets au piano, je joue deux préludes et une fugue de Bach. Ces morceaux fonctionnent comme une bénédiction pour ma maison, mais c'est aussi une manière de reprendre contact avec le mystère de la vie, avec le miracle de faire partie de l'espèce humaine.

« Bien que j'agisse ainsi depuis quatre-vingts ans, la musique que je joue n'est jamais la même, elle m'apprend toujours quelque chose de nouveau, de fantastique, d'incroyable. »

LE MAÎTRE DIT :

« D'une part, nous savons qu'il est important de chercher Dieu. De l'autre, la vie nous éloigne de Lui. Nous nous sentons ignorés par la Divinité, ou bien nous sommes accaparés par notre quotidien. Il en résulte un sentiment de culpabilité : nous pensons soit que nous renonçons à la vie à cause de Dieu, soit que nous renonçons à Dieu à cause de la vie. Ce conflit apparent est une illusion : Dieu est dans la vie, et la vie est en Dieu. Il suffit d'en avoir conscience pour mieux comprendre le destin. Si nous parvenons à pénétrer dans l'harmonie sacrée de notre quotidien, nous serons toujours sur la bonne voie, et nous accomplirons notre tâche. »

La phrase est de Pablo Picasso : « Dieu est un artiste. Il a inventé la girafe, l'éléphant et la fourmi. En vérité, il n'a jamais cherché à se donner un style, il a simplement fait tout ce qu'il avait envie de faire. »

Le maître dit :

« Quand nous faisons nos premiers pas sur notre chemin, une grande peur nous saisit. Nous nous sentons obligés de tout faire à la perfection. Mais au bout du compte, puisque chacun de nous n'a qu'une vie, qui a inventé le modèle de cette "perfection" ? Dieu a bien fait la girafe, l'éléphant et la fourmi – pourquoi aurions-nous besoin de suivre un modèle ?

« La seule utilité du modèle est de montrer comment les autres définissent leur propre réalité. Très souvent, nous admirons leurs modèles et nous sommes en mesure d'éviter les erreurs qu'ils ont déjà commises. Mais quant à vivre, eh bien, cela relève de notre seule compétence. »

PLUSIEURS JUIFS PIEUX priaient dans une synagogue quand ils entendirent une voix d'enfant qui disait : « A, B, C, D. »

Ils tentèrent de se concentrer sur les versets sacrés, mais la voix répétait : « A, B, C, D. »

Peu à peu, ils cessèrent de prier. Quand ils se retournèrent, ils virent un jeune garçon qui répétait encore : « A, B, C, D. »

Le rabbin s'approcha du gamin.

« Pourquoi fais-tu cela ? lui demanda-t-il.

— Parce que je ne connais pas les versets sacrés, répondit l'enfant. Alors, j'espère que si je récite l'alphabet, Dieu prendra les lettres pour former les mots qui conviennent.

— Merci pour cette leçon, dit le rabbin. Puissé-je confier à Dieu mes jours sur cette terre de la même manière que tu lui confies tes lettres. »

Le maître dit :

« L'esprit de Dieu présent en nous peut être décrit comme un écran de cinéma. Diverses situations y sont présentées : des gens s'aiment, des gens se séparent, on découvre des trésors, on explore des pays lointains.

« Quel que soit le film projeté, l'écran demeure toujours le même. Peu importe que les larmes roulent ou que le sang coule, rien ne peut atteindre la blancheur de la toile.

« Tel l'écran de cinéma, Dieu est là, derrière tous les malheurs et toutes les extases de la vie. Nous Le verrons tous lorsque notre film se terminera. »

Un archer se promenait dans les environs d'un monastère hindou réputé pour la sévérité de ses enseignements lorsqu'il aperçut dans le jardin les moines qui buvaient et s'amusaient.

« Comment ceux qui cherchent le chemin de Dieu peuvent-ils être aussi cyniques ? s'exclama l'archer. Ils prétendent que la discipline est capitale, et puis ils s'enivrent en cachette !

— Si vous tirez cent flèches à la suite, qu'arrivera-t-il à votre arc ? interrogea le plus âgé des moines.

— Il se brisera, répondit l'archer.

— Si quelqu'un va au-delà de ses propres limites, sa volonté est pareillement brisée, expliqua le moine. Celui qui ne sait pas équilibrer le travail et le repos perd son enthousiasme et ne peut pas aller bien loin. »

Un roi envoya dans un pays lointain un messager porteur d'une proposition de paix qui devait être ratifiée. Voulant mettre à profit ce voyage, le messager en informa des amis à lui qui traitaient des affaires importantes avec le pays en question. Ces derniers lui demandèrent de patienter quelques jours et, en raison de l'accord de paix, ils rédigèrent de nouveaux ordres et modifièrent leur stratégie commerciale.

Quand le messager partit enfin, il était déjà trop tard pour signer la paix ; la guerre éclata, détruisant les plans du roi et les affaires des négociants qui avaient retardé le messager.

Le maître dit :

« Il n'y a qu'une seule chose importante dans nos vies : vivre notre Légende Personnelle, la mission qui nous a été destinée. Mais nous finissons toujours par nous encombrer de vaines occupations, qui détruisent nos rêves. »

DANS LE PORT de Sydney, le voyageur contemple le pont qui relie les deux parties de la ville quand un Australien s'approche et lui demande de lui lire une annonce dans le journal.

« Les lettres sont très petites, explique-t-il. J'ai oublié mes lunettes à la maison et je ne parviens pas à les déchiffrer. »

Le voyageur non plus n'a pas ses lunettes sur lui. Il s'en excuse auprès de l'homme.

« Alors il vaut mieux oublier cette annonce », remarque l'Australien après une pause. Puis, comme il désire poursuivre la conversation, il ajoute : « Il n'y a pas que nous deux, Dieu aussi a la vue fatiguée. Ce n'est pas qu'Il soit vieux, c'est qu'Il a fait ce choix. Ainsi, quand quelqu'un qui lui est très proche commet une faute, Il ne voit pas bien clair. Et, par crainte d'être injuste, Il pardonne.

— Mais alors, qu'en est-il des bonnes actions ? demande le voyageur.

— Eh bien, Dieu n'oublie jamais ses lunettes à la maison », dit en riant l'Australien, avant de s'éloigner.

« Existe-t-il quelque chose de plus important que la prière ? » demanda le disciple à son maître.

Le maître lui indiqua un arbuste tout près de là et lui suggéra d'en couper une branche. L'autre obéit.

« L'arbre est-il toujours vivant ? interrogea le maître.

— Aussi vivant qu'avant, assura le disciple.

— Alors, retournez près de l'arbuste et coupez la racine.

— Mais si je fais cela, l'arbre va mourir.

— Les prières sont les branches de l'arbre, et sa racine s'appelle la foi, répliqua le maître. La foi peut exister sans la prière, mais la prière ne peut exister sans la foi. »

Sainte Thérèse d'Avila a écrit :

« Souvenez-vous : le Seigneur nous a tous invités et, comme Il est la pure vérité, nous ne pouvons mettre en doute Son invitation. Il a dit : *Que viennent à moi ceux qui ont soif, et je leur donnerai à boire.*

« Si l'invitation n'avait pas été adressée à chacun d'entre nous, le Seigneur aurait dit : *Que viennent à moi tous ceux qui le veulent, parce que vous n'avez rien à perdre. Mais je ne donnerai à boire qu'à ceux qui sont prêts.*

« Il n'impose pas de conditions. Il suffit de marcher et de vouloir, et tous recevront l'Eau vive de Son amour. »

Les moines zen, quand ils veulent méditer, s'assoient devant un rocher : « Maintenant je vais attendre que ce rocher grandisse un peu », pensent-ils.

Le maître dit :

« Tout, autour de nous, change sans cesse. Chaque jour, le soleil illumine un monde nouveau. Ce que nous appelons routine est rempli d'occasions nouvelles, mais nous ne savons pas voir que chaque jour est différent du précédent.

« Aujourd'hui, quelque part, un trésor vous attend. Ce peut être un petit sourire, ce peut être une grande conquête, peu importe. La vie est faite de petits et de grands miracles. Rien n'est ennuyeux, car tout change constamment. L'ennui n'est pas dans le monde, mais dans la manière dont nous voyons le monde.

« Comme l'a écrit le poète T. S. Eliot : *Parcourir les routes / rentrer à la maison / et voir tout comme si c'était la première fois.* »

Ô Marie conçue sans péché priez pour nous
qui avons recours à Vous Amen

9651

Composition
PCA

Achevé d'imprimer en Espagne
par BLACKPRINT CPI
le 5 octobre 2012.

1er dépôt légal dans la collection : avril 2011.
EAN 9782290035733

ÉDITIONS J'AI LU
87, quai Panhard-et-Levassor, 75013 Paris

Diffusion France et étranger : Flammarion